Jean-Pierre OTTE
**Petite tribu de femmes**
Xavier PATIER
**La foire aux célibataires**
Valérie SAUBADE
**Happy birthday grand-mère**
Annie SAUMONT
**Je suis pas un camion**
Laurent SEKSIK
**Les mauvaises pensées**
Vincent de SWARTE
**Pharricide**
**Requiem pour un sauvage**
Jean TEULÉ
**Darling**
**Balade pour un père oublié**
**Bord cadre**

# LÉONORE, TOUJOURS

## DU MÊME AUTEUR
*CHEZ POCKET*

SUJET ANGOT
INTERVIEW
LES AUTRES

CHRISTINE ANGOT

# LÉONORE, TOUJOURS

FAYARD

La première édition de ce livre a paru en 1994
aux Éditions L'Arpenteur-Gallimard.



ISBN 2-266-10138-2

*À ma belle Léonore*

*« Il me semble que je fais tort à mes sentiments, de vouloir les expliquer avec des paroles; il faudrait voir ce qui se passe dans mon cœur sur votre sujet. »*

Madame de Sévigné,
mercredi 25 février 1671.

*Lundi 8 mars*

J'ai donné la vie. Ça m'a tuée, j'en avais une seule. Je n'écris plus. Depuis aujourd'hui. Ça, ça ne s'appelle pas écrire, ça s'appelle marquer. Je marquerai chaque jour quelque chose sur elle, au moins une ligne. Il n'y a qu'elle. Que ça. Que ça. Qui m'a tuée.

Elle s'appelle Léonore. Il est moins de sept heures, elle dort encore. Parce que, cette fille, cette petite fille, est un rêve. Elle fait toutes ses nuits depuis qu'elle a un mois. Elle ne nous réveille jamais. Tout le monde, quand on sort, dit qu'on a de la chance. J'aimerais voir d'autres bébés. Elle est très sage. En ce moment je pleure tout le temps, elle comprend. Ça doit l'ennuyer que je pleure avec elle. Je vais la perturber. Je ne veux pas faire d'inceste avec elle physiquement. Mais dans la tête, ce n'est pas possible autrement. Pour moi en tout cas, les autres parents, ça ne m'intéresse pas. Demain, mardi, elle aura huit mois. Je le sais, quand elle est sortie, c'était de moi. C'était l'horreur. Auschwitz en mille fois pire. Là aussi, d'après les autres, le rêve, supportable, les médecins et les femmes. Peut-être pas très agréable mais vivable. J'arrête d'écrire, j'écrivais un truc sur l'Irak, la femme revenait d'Irak, unité d'élite. Maintenant quand on me demandera si je travaille, je répondrai non. Ce que je fais, je dirai « rien ». « J'élève ma fille », malgré le recul social par rapport à écrivain. Je devrais la détester. Sur certains points je la déteste. À ne rien faire je vais devenir une loque. Depuis que j'ai donné la vie, je me sens morte. D'ailleurs je suis moche. En ce moment, elle dort. Ça fait sept heures que je ne l'ai pas vue. Hier avant d'aller me coucher. Elle travaille, elle. On voit que les bébés font un travail. Tout ce qui n'est pas son développement, elle laisse. Avant d'aller me coucher hier, j'y suis passée. Et après j'ai caressé la porte de sa chambre refermée. Elle dort les yeux fermés, la tête en arrière. Les cheveux lisses ou hirsutes, ça dépend. Ça dépend du temps d'endormissement. La main au début du sommeil sur son petit chien. Après elle écarte les bras et ça tient aux épaules comme des ailes, c'est déployé. Je me sens plus légère ce matin. J'ai arrêté d'écrire. J'ai pris la décision hier. J'arrête les travaux forcés. La pénitence, définitivement. C'était ça, bien sûr, les lignes. Chaque jour, je jure d'écrire, toute ma vie, tous les jours, au moins une ligne sur elle. Avec l'arrêt de l'écriture, aucune contradiction. Comme je disais, je n'écris pas en ce moment, je marque Léonore. Elle s'appelle Léonore. Chaque jour, je marquerai au moins une chose sur elle. Demain mardi elle aura huit mois. À Nice Claudine me disait « tu marques ? » en faisant le geste, aujourd'hui première dent, aujourd'hui premier sourire, premier areu. Je répondais non. Claudine avait raison. À partir de maintenant je marque, un peu trop tard. La fille de Claudine, Marie-Claude, vient d'avoir une fille. Elle l'a appelée Marion. C'est mieux que Mélissa, comme elle pensait au début. Ou même Fiona, qu'elle trouvait, surtout son mari, peut-être un peu trop arabe, alors que c'est celte. Un kilo cinq, et césarienne.

Une balance. Sur un plateau : Léonore, des tonnes. Sur l'autre, le monde, tout sauf elle, tout le reste : un petit pois. Je le pense. Quand je pense que vous ne la connaissez pas ! Je m'adresse à vous parce que je reste écrivain à vie. Écrivain ayant cessé son activité. Qui élève sa fille. J'ai conscience en même temps de la tuer, bien sûr, de lui faire mal, de la détester, de la vomir parfois. Un jour, je lui avais fait mal, griffée je crois. Pour m'excuser, je la changeais, j'ai fait un beau lapsus, « j'espère que je t'ai fait mal » au lieu de « j'espère que je ne t'ai pas fait mal, ma chérie ». Je n'écris plus, quelle libération. L'écriture, quelle merde c'était devenu. Ça l'a toujours été. Comme Léonore. C'est de la merde, je le sais. Un tas de poussière. Mais je l'aime. Mon amour comme une bite dressée, qu'est-ce que j'y peux ? Il m'en faudrait un deuxième peut-être. En réfléchissant : non, mon père avait bien deux autres enfants. Et, de toute façon, pas un deuxième accouchement. Je veux que Léonore soit seule. Je suis folle d'elle et veux le rester.

J'ai vécu des trucs durs, le pire l'inceste par voie rectale. J'expulse ma merde difficilement, à l'accouchement, pareil, Couderc me disait de pousser, moi je faisais le contraire, j'ai le réflexe inversé. Dans l'intimité des W.-C. on n'est pas confronté à ces difficultés, je ne savais pas avant. Donc, Léonore, très difficile à expulser. Celles qui disent que l'accouchement n'est rien, on oublie, pourquoi disent-elles ça ? La race ?

Moi, ma fille le saura. Je veux parler d'elle. Je ne parle que de moi. Mon amour pour elle. Comment marquer ? Que faut-il marquer pour, dans vingt ans, relire et ressentir ? Relire, et avoir les mêmes pensées. Cet amour, en garder.

Premièrement, elle est belle. Elle est très belle. Attendez, j'arrête, je crois qu'elle est réveillée. Je vais voir. J'ai cru entendre son papa lui parler. Sa belle voix. À moins que ce ne soit des gens dans la rue. Avec ma machine, je fais un tel potin. Je vais voir...

... Non, elle dort. J'ai ouvert la porte doucement, mais le frottement de mes pieds a dû un peu l'éveiller. Il y a eu dans le lit un froissement. Je me suis approchée. Non, elle dormait. Elle a son petit pyjama sans pieds, l'ours marin. Il lui va très bien. Je pourrais parler d'autres choses que d'elle uniquement. Qui m'intéressent moins. De Montpellier par exemple. On vient d'emménager. Je déteste cette ville. Je préférais Nice. Je suis malheureuse ici, je regrette

Nice. Mais je ne veux parler que d'elle. Éventuellement quand il y a un rapport, son père, ma mère, André, son beau grand-père. Mon père à moi, non, juste : comment faire pour lui annoncer qu'il a couché avec moi, sa fille. Si je veux qu'elle comprenne, il faudra. On n'en est pas là. Elle. Hier, je caressais son visage dans le lit. Mes mains sont devenues vieilles et rouges. Claude vient de se lever, je vais voir. J'arrête. Ce qui est fou, c'est que la vie continue. Alors que tout aurait dû s'arrêter quand elle est née le 9 juillet.

... Je me suis levée. Je suis allée voir Claude. Je lui ai fait lire en disant « tu seras mon seul public ». Il a ajouté « peut-être plus tard Léonore ». Je suis allée chercher Léonore qui parlait dans sa chambre. Ses petits bruits sont beaux d'une autre pièce. Je l'ai prise dans mes bras, je l'ai portée sur notre lit. Claude avait caché son corps sous la couette. C'est moi qui veux, il en tient compte. Moi, je ne me gêne pas. Elle me voit nue souvent. Et elle regarde. Avec lui, on s'est souri. On s'est dit qu'on était heureux. Puis, j'ai pris ma douche, Claude a préparé le biberon, je lui ai donné, elle pleurait. Elle avait faim, son estomac, à force de rester avec nous au lit. Maintenant elle joue dans son parc. En lui donnant le biberon j'ai fait des choses, je me disais « je les écrirai ». J'ai fait qu'elle me caresse l'intérieur de la bouche en dirigeant mon visage vers ses doigts. Avec son doigt, puis avec deux doigts, mes gencives, puis ma joue intérieure. Les lèvres, le menton, puis les trous de nez. Elle préférait ma bouche, comme moi. Toute une journée à s'aimer va commencer. J'espère. J'espère que ce soir en me couchant je serai heureuse et elle aussi. Au moment de se séparer, qu'on sera heureuses et reposées, impatientes pour demain. Elle geint. Ça devient des petits cris. J'y vais. Mais si c'est grave, c'est déjà trop tard. Je fais la cynique, c'est bête, j'arrête. J'y vais.

Je reviens pour marquer. Je viens de lui

dire la phrase : « Qu'est-ce qui se passe ma poulinette ? »

Je veux faire exactement comme Hervé Guibert avec le sida. Mais moi, avec Léonore. Il savait qu'il mourrait de ça. À partir de là, il a écrit, et jusqu'à sa mort. Il n'a plus parlé que de ça, le sida. Ça l'a certainement prolongé, tenu un peu plus longtemps. Je fais la même chose avec Léonore à partir d'aujourd'hui. J'en ai pour jusqu'à ma mort. Je jure de ne plus parler que d'elle jusqu'à ma mort. Et tous les jours, cela. Au moins une ligne. Bien sûr, je n'aurai pas d'autre enfant. Je le jure en même temps. Ce doit être elle, le rester toujours. Jusqu'au bout. Si ça lui fait peur, je ne l'oblige pas à lire.

Elle a mangé, Claude lui a donné son déjeuner. J'entendais ses miam-miam. J'espère qu'elle ne va pas devenir une grosse vache. Sûrement pas, elle est fine, délicate. Elle est magnifique. Là, elle essaye de s'endormir, pas facile. Son mobile musical s'est cassé, c'était de la cochonnerie. On l'avait acheté avenue Médecin, à Nice. Deux oies et deux lapins en tissu tournent sur un air de Brahms. Je crois Brahms. Elle pleure, Claude y va. Moi je continue, merde. J'ai déjà renoncé à beaucoup de choses. Les romans pour moi ce n'était pas rien avant. Je continue quelques lignes. Je marque sur elle, les gens font des films, des photos, Claude enregistre sur une cassette tous ses sons depuis areu. Il y a aussi des cris. Moi je marque, c'est difficile, notre amour, enfin mon amour. Est-ce qu'elle m'aime elle ? J'espère. Voilà, je crois qu'elle s'est endormie. Je n'entends plus rien. Malgré mon potin, elle a dû s'endormir. Pourquoi elle s'écarte quand je veux lui donner un baiser ? Pas toujours bien sûr.

Elle ne dort plus. Elle est devant moi sur sa chaise transformable, position basse. Il faut que je m'arrête toutes les trois secondes de taper, pour lui laver et lui remettre sa sucette. André dit « son suçon », c'est dégueulasse. J'ai arrêté d'écrire des romans, heureusement, avec elle qui m'interrompt je ferais comment ? Je me lève pour aller chercher le biberon, en avance sur l'heure... j'ai apporté le biberon, elle le voit, elle se calme, et je tape debout. Pas longtemps, ça repart, j'arrête, je vais lui donner.

... Ça y est, je l'ai reposée. Ça fait comme les lettres d'adolescentes. « Je reprends, je t'avais quittée pour mettre la face B », ou « je reprends ma lettre ce matin, hier soir ma mère m'a appelée pour dîner, après j'étais crevée je suis allée me coucher ». Là, c'est le même genre. Je ne voudrais pas faire débordée. Ce n'est pas ça. Je ne suis pas débordée. Claude fait beaucoup de choses. Léonore est adorable. C'est un modèle, très sage. À l'instant le menuisier me disait « les cnfants soudcnt un couple ». Ce n'est pas ça. Elle aura huit mois demain. Ce sera une grande fille. Elle me sourit. Elle vient de me sourire. Elle est d'un charme, d'une beauté incroyable. Depuis qu'elle est là, je comprends mieux mon père avec moi. En même temps, je ne comprends pas. Du mal à des êtres qu'on aime tellement ? Il m'aimait moins qu'elle, voilà. À l'âge de Léonore, il ne s'intéressait pas à moi. Pas avant quatorze ans. Ça, je ne comprends pas. Léonore, je me la ferais bien dès maintenant. Je ne dis pas ça par provocation. C'est un écrit privé de toute façon. Je dis seulement : Je comprends l'attirance sexuelle pour son enfant, sa fille, puisque je l'éprouve. Je le dis. J'ai le droit de le dire puisque je l'éprouve. Elle se frotte les yeux, la pauvre. Elle a envie de dormir, c'est pour ça qu'elle pleurniche pour rien. Je ne la couche pas, on va sortir faire des courses. Elle dormira dans la poussette. À Montpellier, je pensais que tous les jours on irait se promener à l'Esplanade, au Peyrou, au Jardin des Plantes, avec elle dans la poussette. Mais on n'y va jamais. Je me l'étais juré, jamais on ne le fait. Elle prend l'air dans les rues et les magasins. Ça va changer.

La mère de Claude dit que petit, elle avait honte de lui. Moi je n'ai pas honte, je suis fière.

*Mardi 9 mars*

Aujourd'hui, 9 mars, elle a huit mois. Elle est née le 9 juillet, un petit cancer. Hier, je l'ai couchée de bonne heure, huit heures dix. Et longtemps, je la coucherai de bonne heure, certaines fois mais très rares, sept heures trente. D'autres, neuf heures trente, mais toujours relativement tôt. Au début du sommeil, elle se réveille de courts instants. Parfois, la boîte à musique à peine terminée, ses yeux se ferment, elle n'a pas le temps de se dire « je m'endors », elle dort. Mais une demi-heure après, la pensée qu'elle dort doit la réveiller. Car au fond d'elle, elle n'a pas envie. C'est une fuite, elle le sait. Elle veut voir son mobile à musique tourner. En dormant, elle tient son petit chien rouge, elle ne pense qu'à ce chien. Pas à nous, les parents. Moi qui suis sa maman. Pour elle c'est déjà du passé. C'est déjà son enfance au fond d'elle. Elle se prend pour ce petit chien, avec les membres déchiquetés par les suçons, l'oreille décousue, le ventre rapiécé. Puis elle revient à elle, étonnée de se retrouver dans l'obscurité, douce et reposante. Elle ne comprend pas la nuit, cette chose autour d'elle. Elle doit la trouver obscure, incompréhensible. Elle entend dans la rue les gens passer, au loin le sifflement des trains. Elle appuie ses belles joues contre les joues du matelas. Elle n'a pas d'oreiller, juste un matelas pour ne pas s'étouffer. Comme moi enfant, ces joues, pleines et fraîches. Elle a les joues bien fraîches, la langue. Elle se rendort, et en général, elle n'a plus que de courts réveils d'un instant, le temps d'entendre les craquements du bois, ou les vibrations des dalles au sol quand on marche dans d'autres pièces.

Toutes les nuits, moi, depuis le 9 juillet, toutes, je le jure, j'en rêve. Quelquefois, un bébé naît pendant mon sommeil, je me réveille à ce moment-là. Le reste du monde me paraît alors tellement vain, tellement rien, auprès de cet amour que je viens de quitter. Le reste du monde est un petit pois à côté, et il me gêne en plus. Comme la princesse au pois, j'ai envie de le retirer de dessous mon matelas. Je veux retrouver le bébé que j'ai rêvé. En général je l'entends pleurer, et souvent, j'y vais. Sauf si comme maintenant, je tape à la machine. De toute façon, le souvenir s'évanouira au cours de la journée. Mais j'y vais, là je veux la voir.

Claude était en train de lui donner le biberon. Ça faisait un tableau. En ce moment j'entends des « coucou », il lui parle en la changeant. Ce matin, il est malheureux, hier soir au lit je lui ai dit des horreurs. Sans doute que j'étais malheureuse, et que je m'en fichais de lui. Je suis insupportable quand j'écris. J'ai arrêté mais je reste écrivain, et je suis difficile. Pour me calmer, je lis, j'avale. En ce moment, Bertrand Visage. Claude me dit « tu te rends compte que tu parles comme Visage ? », énervé. Comme moi il est un être. Je n'en tiens pas compte. Je devrais l'associer à nous. Chaque jour, en même temps que Léonore, marquer quelque chose sur lui. C'est facile, il m'a donné un calepin avec ses idées. Je vais m'en servir.

« En 80, rencontre de Christine, le 15 décembre. À Noël on ne s'est rien offert... » Il a écrit ce qu'on s'offrait. Pour ses vingt-cinq ans, premier anniversaire ensemble, je lui avais offert des verres Daum. Je saute des années, 82, 83, 84, 85, « 86 : Christine, vingt-sept ans, machine à écrire, chéquier lézard, peignoir de bain. » C'est la même machine que maintenant. Le peignoir, je ne le mets plus, je le trouve trop large, je ne l'ai presque jamais mis, avec cette capuche. Je continue un peu, mais l'essentiel c'est Léonore. « Ma plus grande surprise quand j'ai découvert l'autre de très près c'est le nombre de détails invisibles de loin, un poil ici, un grain sur la peau là. » Ce n'était pas à propos de moi.

Léonore joue dans son parc. Je ne tape que le matin, jamais le soir. Sur elle le soir il n'y aura jamais rien en direct. Tant pis, le matin c'est frais, vif, le soir, doux, familial, le différé s'y prête. Je ne vais pas me lever de table, quand je me repose le soir, pour aller noircir des pages sous prétexte de tout consigner, j'ai une vie à côté. Hier soir, Maman et André étaient là. Ça allait mal, ils avaient envie de se quitter. André est le pépé de Léonore. On était tous les cinq autour de la table, et elle avait l'air bien. Elle était sur sa chaise haute, je lui avais donné pour jouer une croûte de pain, la sucette dans le bec pour ne pas s'étouffer. On faisait cercle à cinq. Elle le sentait, cinq dont elle. Elle n'essayait pas de se distinguer. Mais Claude en quittant la pièce pour aller chercher le dessert a joué à cache-

cache avec elle. Elle a ri. Je l'ai trouvée laide, tout d'un coup ordinaire. J'ai espéré que ça passe. La joue molle pendait, c'était la première fois que je m'en apercevais. La petite fille à l'Esplanade qui dimanche l'avait insultée, je la comprenais.

Aujourd'hui elle porte son pyjama bleu-violet avec deux oiseaux en satin blanc. Elle est superbe. À trois mois, fatiguée, je l'ai fait tomber de mes bras. Dans l'appartement de Nice, elle a roulé par terre sur la moquette. Elle a hurlé, ça aurait pu être l'hémorragie interne. Rien d'apparent tout de suite mais mort dans la nuit. La seule bonne chose c'était de la réveiller et de la secouer toute la nuit, malgré l'angoisse de la perdre j'en garde un bon souvenir. Ç'a été des baisers, des chatouilles toute la nuit. Je suis violente avec elle. Je la serre toujours fort. Je ne peux pas me retenir pour tout.

En ce moment peut-être que je la tue. Pourquoi je me torture ? Mais non. Si elle était morte le jour de la chute, je ne me serais pas suicidée. J'aurais continué, morte, sans rien faire. Il n'y a qu'une chose que je lui demande : vivre.

Je reprends. Je m'étais levée pour remonter le mobile musical. Celui du *Glockenspiel* de Mozart, offert par Vincent. À Noël. On le voyait bien comme parrain. Mais huit jours plus tard, il s'est soûlé au réveillon en se mettant minable. Son gros corps mou, lourd d'alcool, de fatigue aussi d'accord, s'est écrasé sur notre lit. À côté il y avait Léonore qui dormait dans son couffin. On l'a trouvé indigne et on lui a dit. Il avait l'estomac plein de vomi. Il était dégueulasse. À côté de ma pure. Elle ne dort pas. Dehors il y a trop de bruit aujourd'hui, des camions passent pour la rénovation de la Sarvi en face. Des hommes s'interpellent à distance. Toute la journée elle sera fatiguée.

Une vision ne me quitte pas l'esprit. Léonore, grande, en train de se faire tringler. Quand elle aura vécu déception sur déception, elle aura besoin de ça. Notamment avec moi, les déceptions. Elle fait papapa depuis huit jours, je l'entends. En même temps, je la vois grande. Un homme s'approche. Elle est vers l'Esplanade à Montpellier, il a plu, elle est mouillée, elle a la tête toute mouillée, ses petits cheveux bruns tout collés. Elle est seule. Il s'approche, il lui dit « quelque chose qui ne va pas mademoiselle ? ». Il se jette sur elle. Il la couvre de baisers passionnés. La main de Léonore plonge dans la braguette. Ils s'effondrent sur le trottoir sous un grand arbre. Le trottoir n'est pas confortable. L'homme se déplace d'un mètre ou deux jusqu'à un brin de sol un peu plus moelleux. Il s'enfonce. Dans ma fille. Mais il voit une flaque d'eau — la pluie — tout près du coude de Léonore. Il commence de se retirer d'elle pour bouger de cinq ou six centimètres encore... Elle ne dort toujours pas, elle va être crevée... Léonore, prise de frénésie, lui crie « laisse-le dedans, ça me rend folle, baise-moi ». Dans ma tête je suis aux premières loges. Eh bien je trouve ça dégueulasse. L'homme tient le coup aussi longtemps qu'il peut. Elle se met à jouir à n'en plus finir avec des grognements de gorets qu'on égorge... Elle m'appelle, je n'ose pas y aller, avec en ce moment ce que je pense d'elle... J'y vais, pour voir... Pas moyen de l'endormir, je l'ai mise dans son parc, elle rit avec des poussées de cris... Sa bouche grande, large, lascive. Ses yeux chavirent comme si elle se préparait à piquer une crise. L'homme libère une petite giclée. Puis se retire quelques secondes, histoire de le mettre un peu à refroidir. Léonore trempe sa main dans la flaque d'eau et l'asperge. L'instant d'après, à quatre pattes, elle le supplie de la prendre à revers. Alors : à quatre pattes lui aussi. Il lui glisse la main en dessous, elle empoigne la queue et se la fourre dedans... jusqu'à la matrice, recta ! Elle pousse encore un cri de cochon. Elle jouit, oh ça, elle jouit, elle jouira. Autant que moi quand je le marque. Quand je le vois dans ma tête, au contraire, non, c'est quand je le raconte. Léonore crie « derrière il est encore plus gros », et elle tortille son cul. « Mets-le-moi encore à fond, vas-y; tant pis si ça fait mal ! » et elle se recule violemment d'une brusque embardée. Il sort enfin et promène son gland autour des pétales dégoulinants. Et puis que je te replonge à fond. Il la tient à deux mains par le bassin, l'attire et la repousse à volonté. Il en fait ce qu'il veut. Et elle : « encore, encore, ou je deviens folle ». C'est moi qui perds la tête. Il la travaille comme un piston, allant, venant, de toute sa longueur et sans s'arrêter. Pendant ce temps-là, la voix de Léonore, ma petite fille, fait « Oh... Ah, Oh-Ah ! » Il se retire pour se voir, il lâche un jet de baleine. Et il s'en va, « adios » il lui fait. Et elle restera seule dans sa chambre après.

... Je suis allée la chercher. Elle pleurait. Elle avait aux fesses un gros caca. Je l'ai changée. Il n'y a plus de lingettes, j'ai pris un kleenex avec du lait, et j'ai passé ça sur ses fesses, sur ses lèvres. Elles se sont entrouvertes. Mais plus que d'habitude. J'ai rouvert, j'ai regardé. Le trou existe, et il n'est pas si petit que ça. Je l'ai mise devant moi dans la pièce avec ses livres, elle me regarde. Pourvu qu'elle s'en fiche que j'écrive, que pour elle ce soit normal. Elle a mes mains, exactement. Mais tout ce qui est regard c'est Claude et Maman. De la mère de Claude, cette mocheté, rien. Claude est à son cours de guitare. Je suis seule avec Léonore. Mais je pense aussi à lui. Je lis régulièrement son calepin. La plupart des pages datent de Nice.

« Le parc Valrose est un bel endroit pour commencer la journée. À cette heure-ci, seuls les oiseaux s'agitent. » Je lis le calepin, ça me repose. Je suis presque bien. Il écrit « ... leurs ailes qui palpitent apaisent l'esprit après la nuit troublée. Hier je lisais Lucrèce, je note cette phrase : "laisse-les donc s'épuiser en vain, suer sang et eau à lutter dans l'étroit sentier. Leur goût, ils l'empruntent au palais des autres, ils règlent leurs désirs sur ce qui se dit non sur leur propre sentiment. Et cela, c'est aujourd'hui, ce sera demain... Mais c'était aussi le temps jadis." Aujourd'hui, jour de la Saint-Claude, j'ai envie de connaître l'empereur Claude. Confiant cela à Christine, elle s'étonne que je m'aime tant. Mais qui donc le ferait mieux ? Ce réconfort m'est indispensable. Pourtant je doute de moi ou me déteste si souvent. Cela non plus n'est pas bon à avouer. Comment faut-il parler de soi ? ». Il me fait fondre ce Claude.

Léonore tape sur sa tablette en bois, en faisant papapa, bababa. Elle suce son livre de *Petit lapin aime...* j'aime surtout la page *« les bisous de maman »*. La page *« petit lapin aime les bisous de maman »*. Chaque fois ça me donne des frissons, j'ai peur qu'elle non. Il n'y a pas de raison. Elle mordille en me regardant. Ses yeux sont fendus très étirés, et bleu foncé, magnifiques, un mélange pour la couleur de ma mère et de mon grand-père. Des yeux de Slave juive, pas mal ! Sinon, sous les paupières et dessus, dès qu'on a quitté la couleur, c'est chien battu comme Claude. Mais absolument magnifique. Les petits cheveux bruns rangés gentiment dans le cou, la petite mèche, la petite oreille, les petites mains qui tapent. Je lui souris et elle aussi.

*Mercredi 10 mars*

Voilà ce qui s'est passé. Il y a une heure, je me suis mise à la machine. Mais le ruban m'a laissée tomber. Avec Léonore qui dort, je ne pouvais pas y aller, la laisser. Il fallait que je tape pourtant. Tous les jours j'ai juré. Même le dimanche, même Noël, même Pâques. Ne serait-ce qu'une phrase. Alors j'ai demandé à Mme Bosc d'ouvrir ses fenêtres pour l'entendre. Mme Bosc était en robe de chambre. J'ai ouvert les portes et les fenêtres, elle aussi, et je suis partie. Dans le premier magasin, plus de ruban, le deuxième n'ouvrait qu'à dix heures, j'ai trouvé dans le troisième. J'en ai pris deux. Aujourd'hui ça commence mal. J'étais contente parce qu'elle dormait, mais déjà une heure de passée, elle va se réveiller. Je vais être obligée de taper avec elle en face, ça m'embête. Surtout que j'ai des visions sexuelles. Quand dans la couche j'essuie des pertes blanches, je le fais doucement, tendrement. Hier elle avait un œil qui pleurait, le droit. À cause du vent, à cause du froid, une brindille, une poussière. Une larme coulait, on avait l'impression d'un tout petit bébé en larmes.

Après la naissance, elle est restée deux heures sur moi. J'étais blanche et elle rouge, sur la tête elle avait sa petite cicatrice de forceps, le front plat, les cheveux collés. Cet amour, c'était la toute première fois, les cheveux collés, et moi, laide, pas coiffée, blanche, pleine de sueur, et des grosses lèvres, la tête des femmes dans les cités. Quand la sage-femme l'a prise, elle a pleuré. Première fois qu'elle s'en allait de moi. Depuis, les séparations n'ont pas cessé de se multiplier. Jusqu'au jour où je vais mourir. Je vais parler de choses un peu plus gaies parce que je suis en train de pleurer. Pas sur ma mort, oh non, sur la séparation de mon corps.

Le bain. Hier je le lui ai redonné, j'avais arrêté. Avec le déménagement, l'eau calcaire de Montpellier, j'ai des engelures. L'eau me brûle. Ces derniers temps elle a eu le bain par Claude ou Maman. Au début, je ne donnais pas ma place. C'était l'été. On était à Nice. J'avais les mains douces. Je me penchais au-dessus de la baignoire, je la baignais. Elle adore qu'on la déshabille, elle me tape dans le ventre parce qu'elle est contente, et rit. Elle ne se rend pas compte. Je fais couler l'eau à trente-sept degrés, et je la plonge dedans pour qu'elle soit bien humide. Je la pose sur le matelas à langer, je mets du savon liquide dans le creux de ma main, j'enduis son corps et le replonge. Maintenant je l'assois et elle joue avec ses poissons. Au début, c'était toute une initiation, je lui disais « regarde..., viens ma chérie, tu vois comme elle est bonne la petite eau ma chérie, tu vois comme elle est bonne, regarde. C'est la petite eau... Tu vois, tu sens les vagues, regarde les vagues ». Elle y plongeait les yeux. Ses petits cheveux bruns ondoyaient. Au début, je la tenais. Maintenant il faut juste la surveiller. Il le faut, c'est vite fait. Je la sortais, je l'entourais d'une serviette, et lui disais « viens, on fait le jeu du petit bédouin ». Ce n'était pas un jeu. C'était quand la serviette entourait la petite tête, comme dans le désert. Habillées pour marcher des heures dans la chaleur du désert. Toutes les deux, la tête entourée d'un tissu éponge à plis bleus. J'ai une photo mais elle est floue. Quand j'étais fatiguée, quand j'avais la flemme de lui donner le bain, Claude me disait « écoute, non, c'est son petit plaisir de la journée », et il lui donnait. Petit à petit comme ça, d'autres que moi le lui ont donné. Je suis si souvent fatiguée. Je pense à « jeter le bébé avec l'eau du bain ». Quel dégoût ça me fait !

Comme en août, un dîner chez Alain. Au téléphone, il me dit « Jean-Pierre fera griller des anchois, ensuite il y a des spaghetti, et s'il n'y a pas assez nous ferons griller le bébé ». Au téléphone d'abord, puis pendant le dîner, le soir. On était dans le jardin, à table, il l'a répété. Toute la table a ri, même Claude. Je peux vous dire, pas moi. J'étais écœurée. Surtout que dans la même soirée, Alain m'avait attirée dans un placard pour me montrer ce qu'il reste de sa femme. À la suite d'un cancer il en reste une boîte. Dedans, ses cendres, une cassette avec sa voix, un bâton de rouge à lèvres, une photo d'elle petite, dix-douze ans, et sa dernière paire de gants. Quand il a fait cette plaisanterie sur faire griller le bébé, j'aurais très bien pu dire « oui, ou des pommes de terre sous la cendre ». Je peux faire de l'humour moi aussi, et là, il aurait peut-être compris. Mais pour les gens, ce n'est pas comparable l'amour d'un enfant. Pour moi, si. Léonore est réveillée...

... Je l'ai mise dans son parc avec son lapin et son chien, le jouet des Bandry et la fleur empilable. Quand elle en aura marre elle m'appellera... Le téléphone vient de sonner, c'était Maman, soucieuse. J'ai écourté mais cette après-midi on se voit. Ils vont déménager à Montpellier. La ville triste. Pourtant on a un bel appartement, grand, mais pas de lumière dedans, à cause des rues étroites. Les dalles au sol, magnifiques, font de la poussière, tout ce qui traîne par terre, vêtements, sac, tout est dégueulasse. Sinon, une très belle cheminée dix-huitième. Mme Bosc en face est gentille. Et c'est la maison de Léonore.

Claude change Léonore qui fait de l'érythème fessier. Il faut la changer très souvent. Et appliquer sur la chair à vif Aloplastine, liquide blanc, Claude se trompant de pommade, applique Osmogel, liquide transparent. Léonore se met à hurler. Il y a de l'alcool dans Osmogel... sur une chair à vif ! Je lui demande ce qu'il a fait. Et lui :

« rien ». Mais sur ses doigts, j'ai vu du liquide transparent et non pas blanc. Cela, il y a trente secondes. La vulve est meurtrie ainsi que la chair des fesses. Et lui, il attise la douleur. C'est les gestes d'amour des hommes ça. J'ai arrêté et j'ai pris le relais. La bonne pommade, la blanche, l'Aloplastine, c'était pourtant simple. Dans le panier d'hygiène, il y a une couche, des lingettes pour fesses, la brosse, le p'titsenbon, et deux pommades. C'est malheureux de confondre. Il l'a fait exprès.

Je ne suis pas parfaite mais je ne lui fais pas de mal au sexe. Hier, je la regardais, et je me disais : une ligne tous les jours, est-ce que ce sera possible ? Jusqu'à la fin de ma vie. A-t-elle assez de richesses ? Je l'ai prise avec moi, elle est devant moi maintenant. Elle me sourit, elle voit bien que je la regarde. Elle tape sur sa tablette et suce *Petit lapin aime*. Encore des sourires. Françoise a accouché le 21 janvier, elle dit « je le trouve craquant ». J'arrête de m'occuper des autres bébés. Léonore porte le petit gilet bleu marine que Maman lui a tricoté. Même en bleu, elle a bien une tête de fille. D'ici la sexualité, à peine quinze ans. Ce sera vite passé... Elle est heureuse, elle se tortille de joie parce que je viens de me lever pour ramasser *Petit lapin aime* qu'elle avait fait tomber. Il est retombé, mais cette fois je ne bougerai pas. Elle peut aussi bien taper sur sa tablette sans rien... En fait, j'y suis retournée. J'en ai profité pour l'embrasser. Ses lèvres, j'en ai eu le fantasme pendant longtemps. D'abord sur mes seins. Je n'allaitais pas... je ne me voyais pas avec un chien au bout du sein. Je ne suis pas un animal, je suis un être humain. C'est comme ça que je voyais les choses. Et puis un jour j'ai trouvé un livre chez Decreux sur les pleurs de décharge. Elle avait trois semaines. Même moi qui n'avais pas allaité, je pouvais la mettre au sein, pour la calmer. Le soir même, elle a pleuré, on l'a fait. Ça a marché, mais pas longtemps. Puis j'ai eu envie de ses lèvres sur les miennes. Je n'osais pas. Claude m'a dit « mais pourquoi, ne sois pas ridicule, c'est normal d'être sensuel », et je l'ai fait. C'est un peu trop fin et un peu trop mou, un peu trop humide, c'est la bordure. Elle me regarde, elle doit se demander. Elle rit parce que je bâille. Je suis fatiguée.

Le maçon est en train de carreler le sol des W.-C. Pendant tout l'après-midi, pas de pipi. J'irai en bas, dans la cour il y a des W.-C. un peu sales. J'abîme mes chaussures. Le maçon s'appelle M. Ahmed. Il est en plein ramadan. Lui, toujours très discret, ce matin m'a regardée. Peut-être à cause des W.-C., il sait que c'est là que je vais. À nouveau je suis seule dans l'appartement sauf lui et elle. Je ne sors pas, s'il bande et qu'il la viole... Il la fore jusqu'au fond, accroché aux petits muscles. Il entre et se retire, il entre et se retire. Impulsivement, elle se dégage... j'arrête avec les trucs sexuels. Léonore, en face de moi, s'occupe du chien rouge, elle le secoue. Elle verse sur lui un peu de salive, elle le lèche sous les oreilles. Elle l'a fait tomber, je me relève. Elle le jette, elle se secoue, c'est moi qu'elle veut. Heureusement que je n'ai pas de queue, ce serait terrible pour elle. Je ne pense pas qu'elle aimerait ça. Mais si j'en fais une homosexuelle, quel échec ! Quel dommage ! Si on me donne le choix entre violée et lesbienne, je prends le viol. Violée, les déchirures se succèdent. Anales, vaginales, tout y passe, la bouche, le sillon des seins. Je suis bien placée... Eh bien tant pis je préfère. Même suivi de mort. Léonore sera une vraie petite pute qui rendra les hommes fous. Je suis une mère normale qui veut une fille normale. Si je l'avais connue plus jeune, si je n'avais pas été sa mère, alors là d'accord, peut-être, Gomorrhe...

J'ouvre le carnet de Claude. À propos du vent. « Comme j'aime ce vent. Le bruit du vent absorbe tous les autres. On n'entend plus qu'un son unique. Comme un cri sourd. Ça me soûle. Quand j'étais tout petit, je croyais commander au vent. En lui commandant, un sentiment de folie m'envahissait. »

Je lui ai donné son repas et je l'ai couchée. Elle a eu colin-légumes. Elle était claquée, elle pleurait. Avant de manger les larmes coulaient. Comme elle n'essuie pas, les petites gouttes restaient. Au bord de sa lèvre, il y en avait une blanche comme un bouton de pus. C'est moi qui ai essuyé. Elle a mangé, je l'ai couchée et elle écrase maintenant. C'est dommage que je meure, j'aurais voulu vivre autant qu'elle. Toute sa vie, la voir se débrouiller. C'est impossible à moins de la voir mourir, et ça, c'est dégueulasse.

Tout devrait être fille-mère et mère-fille, c'est mieux. Plus propre déjà. Claude c'est mon petit bébé, c'est ma petite bébé. Petit, Claude était mignon. Sa mère avait honte de lui. Sur les photos il est tellement mignon, avec ses petites jambes rentrées, il a tellement besoin de moi. Je ne suis pas maternelle. Au contraire je suis dure. Mais j'aime tout ce qui est mère.

Le calepin : « J'aimerais séduire. Sentir que, sans me connaître, sans m'avoir vu ou entendu parler, les yeux d'une fille s'allument lorsqu'ils croisent les miens. Mais je ne séduis pas... cette incapacité m'a beaucoup fait souffrir dans mon adolescence. Si j'avais été un séducteur, ma vie aurait sûrement été autre, mais j'aime ma vie finalement, son absence de coups de cœur éphémères contre une passion durable. »

Avec moi, le monde est dur aussi. J'y résiste mal en ce moment. Déception sur déception, et dernièrement beaucoup de coups durs. Aucun dû à Léonore. Heureusement, mais ça rejaillit. Je pleure devant elle, elle se sent fautive sûrement. En dehors d'elle, avec moi le monde est dur. J'ai mon bel appartement bien sûr. Mais il y a beaucoup de poussière. Bientôt on part en Italie, bien sûr, mais comme je n'écris plus, je n'ai plus tellement envie de partir. J'avais un projet sur sainte Christine, une Italienne. Née à Bolsena près du lac, son père l'a martyrisée à mort. Moi qui ai connu l'inceste, je m'appelle aussi Christine. Mais tous ces projets, ces bourses, ces aides, à part le fric c'est de la merde. Au roman je n'y crois plus maintenant, j'ai fini par comprendre. Ceux qui en écrivent, je les méprise. Alors en ce moment peu d'envie. En avril j'ai pris des billets pour Paris. Mais je n'ai plus envie, le sixième arrondissement, Gallimard. D'habitude j'y vais pour acheter des livres avec ma réduction. Là, je n'ai pas envie. Les romans, j'en ai honte. Là-bas, quelle salissure si j'y vais ! Ou alors avec Léonore dans les bras. J'entrerai par le portail comme l'Atlas, en la portant à bout de bras. Ou comme saint Christophe, moi qui m'appelle Christine je porte aussi un Christ.

À Montpellier je ne connais personne. Ça m'a vieillie. Les visages des passants à ma vue restent indifférents ici. J'imagine sur leurs visages l'expression qu'ils auraient s'ils savaient. S'ils savaient l'être que j'ai fait. Mais les regards ne me regardent pas. Léonore me regarde, elle m'écoute, elle pleure quand je change de pièce. Je l'aime. Alors que les passants je les déteste.

Depuis qu'elle est née, je stagne. J'ai vécu des siècles de renoncement. Moi ! Indécis, un renoncement indécis. Moins depuis que j'ai arrêté les romans. Je goûte la monotonie des jours. La succession des heures. Léonore froisse du papier et ça peut durer trois quarts d'heure. Je m'assois à ma table et je tape. La monotonie je la goûte à fond. Les heures passent, les jours, les mois, bientôt on comptera en années, dans quatre mois. Léonore aussi stagne. Encore plus que moi. À part son travail de bébé, jouer et grandir, elle stagne. Dans la rue, les passants la regardent de moins en moins. Elle, c'est le contraire. Et elle leur parle. Qu'est-ce qu'elle en attend ? Je ne voudrais pas la décevoir, mais le monde la décevra. Il lui prendra ses jouets. Dieu l'a créée enfant, il ne la laissera pas. Ça m'écœure. J'assiste à

Léonore. Et cela, ce sera jusqu'au bout, je l'ai juré. Je suis fatiguée. La monotonie d'un couple sans enfant est différente. Pour faire l'amour on a plus de temps. Pour aller au restaurant, ou lire. Il y a longtemps, j'avais des colères, j'étais spontanée, elles se sont altérées. Pour devenir lointaines, dans le paysage. C'est peut-être cela la sagesse. Regarder ses colères comme par une fenêtre le paysage...

... Claude m'a téléphoné pour me dire qu'il m'aime. Il n'a pas pris la radio pour aller à Nîmes aujourd'hui. Il l'a fait exprès. Il s'est dit « comme ça je pense à ma Christine en roulant ». Je parle de lui parce qu'il est le papa. L'heureux papa comme a dit Gérard un jour. J'en parle bien qu'il soit secondaire, comme moi. Plus que moi. Je suis la maman. Tout lecteur le trouverait sympathique. Plus que Léonore et moi. Moi, depuis que mon père m'a chié dessus (ce n'est pas autre chose que ça si on réfléchit), je me suis dévêtue de ma spontanéité pour me vêtir en vilaine sorcière. Et maintenant je ne suis plus que ça. Aux yeux des gens. Qui ne me regardent même plus.

Léonore regarde dans la rue tout ce qu'il y a. Tout autour d'elle, des lueurs inconnues dorent des paysages ou des gens qu'elle ne verra plus.

Dans le calepin, encore ça : « 28-7-85 : la télé marchait hier soir. Et pourtant, la seule chose que je regardais vraiment, c'était les deux chats qui jouaient sur le tapis. La vie l'emportait sur la fiction. Ces deux petites bêtes m'ont adopté. Pendant que j'écris, là, elles marchent sur mon calepin, jouent avec ma plume, me tiennent chaud de leur petit corps. Je pense à une photo de Colette avec son chat sur son bureau. J'en deviendrais vite esclave, je n'ose même plus bouger. » Il a écrit ça en Angleterre, j'étais restée seule à Nice. Je n'aimais pas ça.

Moi aussi je peux être sympathique. Avec Léonore je suis plus que sympathique, je suis aimante. Sévère quand il le faut. Mais tendre. J'ai inventé toute une série de noms. Ma belle belle, coucou ma belle, petite Lène, je l'appelle souvent ma Lène, mon amour beau, mon amour très beau, ma chérie, ma chérie belle, ma bébé, ma belle petit bébé, ma très belle, ma jolie chérie.

... Lundi j'ai téléphoné à Gérard Bourgadier pour lui dire que j'arrêtais d'écrire. Que les romans et toute cette merde, c'était fini. Que, à côté de Léonore, ça pesait zéro. Je lui ai dit maintenant ce que je fais c'est pour moi, pour nous, à usage privé. La preuve, les chansons, les petits noms inventés. Les belle belle et belle chérie et mon amour très beau. Chacun invente ses petits trucs, je le sais, mais ce n'est pas la même chose que moi. Mon amour pour elle, non. Les autres ne comprennent pas. Depuis qu'elle est là, les autres, je m'en tape. Je m'en suis toujours plus ou moins tapé, mais là c'est le summum. Elle aura quand même sa liberté. Je ne suis pas mère poule. J'ai au contraire envie qu'elle se fasse bien baiser. Elle porte un peignoir et une paire de bas, le tout en soie. Elle se penche par-dessus la baignoire, dans laquelle un homme prend un bain, le peignoir s'entrouvre. Il s'agenouille et enfouit sa tête entre les jambes de Léonore. Je n'aurais pas dû les faire aussi douces, aussi parfaites. Léonore ne se rebelle pas, elle ne fait même pas semblant, rien. Elle attend. Comme maintenant, quand un petit plaisir s'annonce, elle attend en silence, quand ça approche elle frétille. Il la prend dans la baignoire avec ses bas et le reste. Il fait glisser son peignoir sur le sol, il le jette. Je trouve son corps moche. Il lui laisse ses bas, ça fait plus lascif. Il se laisse aller à la renverse et attire Léonore sur lui. Elle, on dirait une ourse en chaleur, une chienne. Elle le mord et se tortille comme les asticots au bout des hameçons. Elle a un orgasme. C'est ce que je voulais. Depuis toute petite, pour elle.

Mais elle n'en est pas là, mon Dieu si vous saviez. Elle vient de se réveiller, je l'entends qui gémit.

Un jour, ma charmante créature, là,
Dans ta mémoire aux yeux bleus,

Je ne serai pour toi qu'un souvenir
Perdu au loin, dans les lointains.

Tu oublieras mon profil, le nez busqué,
Le front qui couronne la cigarette,

Et ce rire éternel qui les trompe tous,
Et les bagues en argent — la centaine,

Sur ma main au travail, et notre
grenier-cabine
Et le divin désordre de mes papiers,

Et cette année terrible où, exaltées par
le Malheur,
Toi, tu étais — petite, et moi — jeune.

Voilà quand j'écris maintenant, plus de roman mais hier j'ai composé ce poème, très vite, au fil de la plume. Je le trouve magnifique. Je suis contente et je le dois à Léonore. Je te le dédie ma chérie.

C'est l'après-midi. Que dire d'elle l'après-midi ? C'est différent. On sort. On voit des gens. Des passants, des commerçants. Aujourd'hui, grand succès, sa beauté frappe, étonne, émerveillc. C'est franc. Je n'oblige pas les gens. J'ai rencontré Muriel chez Marionnaud. Enceinte, elle se demande ce qui va débouler et espère que pour Pierre ce sera un coup de fouet.

Mais Léonore, elle. Je la pousse dans sa poussette, il faisait un soleil magnifique. Elle avance avec moi. Petite, je disais à Maman, « j'en ai marre d'être un petit paquet », parce que j'allais toujours avec. Presque toutes les courses étaient pour Léonore cependant. Le savon-mousse chez Marionnaud, le mécanisme de la boîte à musique, le lait Alma à la pharmacie, les pharmaciennes vont la voir grandir. Puisqu'on habite à côté. Elles la verront pousser, évoluer, devenir une petite fille, une adolescente, une jeune fille, une jeune femme.

Quelle joie ! Pourtant, dans la salle de travail, je l'aurais gardée dans le ventre à vie pour éviter le passage. J'aurais préféré toute ma vie avoir l'air d'un rat qui a avalé un morceau de fromage. Un morceau coincé. Un rat qui a eu trop d'appétit. J'entendais le docteur « c'est un petit brun ou une petite brune » au moment de pousser, je me disais « pitié pas une fille, pas de merde sur ma fille », je sentais que je faisais peut-être. En fait je n'arrivais même pas à pousser, avec mon réflexe inversé. C'est une fille, et c'est mieux finalement. Quand je lui dis que le monde la décevra, je la préviens « le monde te décevra ma chérie, tu verras », je ne lui dis pas, mais je devrais lui dire. Sinon, la chute. Peut-être pas. Elle est née en même temps que la merde, près du trou du moins. Ça ne la déçoit pas, non, mais sûrement que plus tard elle se vengera. Elle trouvera facilement sur quoi. Elle ira tuer mon père, son vrai pépé. Quand elle sera grande, elle ira voir son pépé, elle l'attachera par les couilles. Elle le disséquera, elle lui dira ce que c'est, elle lui fera manger cru. Et bien sûr elle le pendra par les pieds pour qu'il ne gerbe pas. Que ça reste compact. Elle lui fera bouffer sa propre chair. Pendant tout ça, elle aura la main dans son vieux cul. Elle s'en fichera d'aller en prison toute sa vie. Elle fera des mollards et elle lui crachera dessus. Je lui donnerai l'adresse à Strasbourg. Elle disséquera les organes les plus sensuels de son corps et surtout qu'il ne vomisse pas.

Moi j'aime son visage. Claude parle tout le temps de ses abdominaux, il aime son petit ventre dur, ses petits muscles noués. Les abdominaux de Léonore, il n'arrête pas de m'en parler. Les abdominaux en béton.

Avant je m'allongeais à côté d'elle sur le canapé. Je la regardais, appuyée sur mon coude replié. Je lui disais « regarde, on fait les dames de la plage ». À un stade différent on a le même corps.

Léonore dort, ça lui arrive quelquefois en

fin d'après-midi. Je profite de taper mais à cette heure-là je n'ai pas envie. (C'est le matin la vidange chez moi.)

J'ouvre le calepin, « le temps passe lentement. Légère déception, les journées sont moins remplies, moins excitantes que prévu. Christine est très fatiguée. Ce sont les soirées surtout que je regrette. Aucune sortie à ce jour, même une simple promenade en ville. Je regarde par la fenêtre. Dehors la vie s'agite. Vaine certainement. Mais tellement attirante, tous ces autres êtres humains qui bougent. Christine me demande si je l'aime. Se plaint que je ne lui dise pas assez. Mais son comportement n'attire qu'un type d'amour : paternel, protecteur. Soit c'est la petite fille drôle et gaie avec qui il faut jouer, soit la femme fatiguée qu'il faut protéger et soigner. Le reste du temps, c'est une femme qui travaille, qui vit, mais sans que cela implique de paroles, de pensées ou actes d'amour. Jamais de caresses de mon corps, sexuelles surtout. Mais plus simplement presque jamais de comportement amoureux d'amante. Pas de séduction, pas de flirt. Comme si dans ce domaine, elle s'était débarrassée de ce qu'elle avait à faire une bonne fois pour toutes. J'ai un peu peur car j'ai besoin de sensualité et de féminité. Je sais pourquoi tu es ainsi Christine, mais vas-tu changer un jour ? J'ai trente et un ans et l'impression que mon corps s'étiole ». Ça devait être l'été 85. J'ai recopié entièrement ce passage poignant. Pour moi. Pour Claude quand je lui ferai lire, et pour... non, pas pour Léonore, jamais. J'y vais. Elle s'est réveillée, il est six heures. Maman devait passer. Mais je ne les ai pas vus. Ou alors, j'étais sortie. J'ai mal au dos, aujourd'hui j'ai tapé comme une dingue. Ma petite Lène m'a beaucoup inspirée aujourd'hui.

*Jeudi 11 mars*

Comment dire ? Léonore est une petite fille très gaie. Ce matin, elle s'est réveillée assez tard, huit heures un quart. Elle est reposée, magnifique. Elle a encore son petit œil qui pleure. Quand elle dort, nous dans une autre pièce nous savons qu'elle est là. Elle est là tout le temps. Elle sera là toujours. Elle est là. Sur un air scout j'ai écrit des paroles : si tu peines, si tu doutes sur ta route, n'oublie pas, n'oublie pas, Léonore est là. À Noël, nous l'avons chanté à Vincent, il reprenait, il la chantait, il serait son parrain, ça lui plaisait. Mais après il a bu, et il s'est mis sur notre lit. J'étais fatiguée, je ne pouvais pas aller me coucher. Je me suis couchée à six heures du matin, réveillée à sept heures. Le biberon. Vincent à six heures du soir a laissé un message sur le répondeur qui disait « il est six heures j'émerge ». Quelle grosse pédale ! Léonore est là, oui, mais pas pour éponger son vomi.

Je viens de coucher Léonore. Je la prends dans les bras elle est heureuse, puis elle se rend compte que c'est pour aller se coucher, elle pleure. Mais elle serre son petit chien, elle tétoune et elle s'endort. Avant ça me dégoûtait l'idée d'avoir un enfant, les gros seins, le lait dedans. Avant tout me dégoûtait.

Le corps de Léonore. Claude lui a donné son bain ce matin. Hier soir, trop crevé. Elle est toute propre, j'avais choisi son petit vêtement de Noël, acheté avant qu'elle naisse, sur mon argent. Blanc, bien coupé, avec une branche de houx. Sa taille avant le biberon est d'une extrême finesse. Son ventre est très plat, avec quelques plis, mais tonique. Sa petite poitrine, oh, sa petite poitrine, si belle. Les aisselles, glabres, le sexe, glabre. C'est tellement plus joli. Les épaules rondes comme un être difforme, comme des pièces de bois ou de métal emboîtées aux biceps, ronds aussi, difformes aussi. Aucun délié. Tout est en place mais juxtaposé. Épaule, biceps, bras, main, l'ensemble encastré sous son cou, je n'arrive pas à expliquer mais ce n'est pas comme nous. La première fois qu'elle a eu mal c'était le test du BCG, à la clinique par une élève puéricultrice. Des coups de plume dans le pied. Elle a crié. Comme dit Françoise « mon cœur de mère ». Le cœur de Léonore. Ses pieds, ses doigts, ses mains, la même forme que les miens, et que mon père. Et alors, il faut bien...

Je voudrais que dans tous les groupes où elle se mêlera, famille, école, travail, n'importe quoi, toujours, quelqu'un dans le groupe l'aime autant que moi. Toujours auprès d'elle quelqu'un qui l'aime plus que tout le monde assemblé là. Que, toujours, à tout le monde, elle se sente supérieure.

Qu'elle sache bien. Elle a de la chance d'avoir un aussi joli petit corps.

Chaque matin quand je me lève, je fais ce qu'il y a à faire. Je me lève quand Léonore pleure, disons se manifeste. Je prépare un biberon de lait. Dedans je mets de l'Uvestérol. En même temps je prends une douche rapide. Pendant tout ça, je pose Léonore à côté de moi, ou dans le parc. Elle ne fait qu'une chose à la fois. Je lui dis « travaille bien », c'est un travail. Vers le soir je m'approche pour des bisous, quand je n'en peux plus. Quand la journée est bien entamée. Je mets ma joue contre les petites lèvres, et je dis « tu me fais un bisou », ou directement les miennes. Pour l'instant, tout ce qu'elle sait faire c'est lécher. Enceinte, je disais à Claude « notre enfant, il sera tellement beau, ça ne sera pas de la beauté ». Je n'arrête pas de lui répéter « ta maman t'aime ».

Son papa l'aime aussi. Quand il rentre, ils sont heureux de se retrouver. Il la fait rire.

Comme papa, tout le monde me dit « vous avez de la chance ». Parce qu'il s'en occupe. C'est lui qui a de la chance. Il change ses fesses pleines de caca. Il aime ça. Ça ne le répugne pas, il aime, il sent. Il prend la couche entre ses doigts, longs, fins, différents de nous, plus beaux, mais nous on est heureuses d'être pareilles, et il presse la couche tendrement avant de la foutre à la poubelle.

Le 30 janvier on a fêté onze ans de mariage. Il m'a écrit un mot, « notre amour a déjà porté un fruit magnifique, il en reste des millions d'autres ».

À la boulangerie, j'ai pris de la brioche. J'ai trempé dans mon thé et j'ai pleuré. Chaque morceau m'a ramené un souvenir. Un simple gâteau peut détraquer les nerfs, les souvenirs viennent les ébranler. L'enfance !... je me suis dit. Mes dents qui mordaient, mordaient aussi des joies que j'ai eues, petite, avec mes poupées. Mes poupées, habillées par une collègue de Maman avec des coupons. Cette dame avait un enfant anormal, dans une maison. Elle ne pouvait pas le prendre chez elle souvent, ça perturbait ses autres enfants. Ça les perturbait, Maman l'admettait, elle excuse toujours tout... Les larmes m'ont monté aux yeux, la brioche, l'enfance, le bonheur. M. Llorens, le directeur, avait dit à Maman « avec votre fille, c'est incroyable le mimétisme », un jour que je portais une jupe en tweed avec une bordure de skaï et un pull à col roulé, couleur rouille. Comme Maman, l'allure sûrement. Quand je passais dans la rue à Châteauroux, les commerçants sortaient des boutiques et disaient à Maman « cette petite fille, c'est incroyable comme elle porte bien les vêtements ». Dans la rue Grande, elle m'achetait une pomme de terre, le gâteau pas le légume bien sûr, ou une brioche au lait. Quelquefois un palet au chocolat avec des noisettes incrustées, les grands jours. Les larmes m'ont monté aux yeux, la brioche recrée les jours. Avec une telle spiritualité. L'esprit se mélange au goût du lait. Léonore, ces jours c'est du passé, mort. Des choses racontées. Pour elle, la nourriture c'est tout nouveau tout beau. Et pour elle, il y a d'une part la nourriture, d'autre part la spiritualité. Mais moi, l'irrémédiable me fait pleurer. Pour un mélange dans la salive. Parfois c'est pour des chocolats, le goût de Pâques, d'autres friandises, du Vittel Délices. Avec les cendres de ma mère dans la bouche, aujourd'hui je n'aurais pas eu les nerfs plus détraqués. Au contraire même peut-être. J'ai arrêté, j'ai passé un coup sur la table pour enlever les miettes. J'ai fait chauffer le biberon, parce que l'estomac de Léonore attendait pendant ce temps-là. Et puis je suis venue taper. Ce soir on sort avec Maman et André au restaurant. Vous avez vu comme j'aime ma maman, comme j'en parle tout le temps. Le bonheur que j'ai à dire Maman. Souvent je l'appelle. Quand je pleure, je l'appelle. Même quand j'aurai soixante ans. Mais Léonore m'aimera plus encore. On aura la littérature toutes les deux. Quand je lis, elle m'arrache mes livres. Elle en a à elle,

elle veut les miens. J'ai arrêté d'écrire à cause d'elle, des romans je veux dire. Oh ! je ne regrette pas. C'est une activité pour des gens sans enfant, prêts au suicide. Moi je peux mourir mais je ne pourrais pas me suicider. On m'a mise sur terre, Dieu, pour faire Léonore. Pour faire qu'elle existe. Depuis qu'elle est là, j'ai envie de rester. Même si techniquement, aucune utilité, je ne veux pas d'autre enfant. Dieu m'a mise pour une seule. Chaque jour, je ferai au moins une ligne sur elle. Si j'avais deux enfants comment je ferais ? Les écrivains qui ont deux enfants c'est dégueulasse pour le deuxième, c'est de la folie.

Claude lui a raconté l'histoire du prince et de la princesse qui n'avaient pas d'enfant et se désespéraient. Un jour, la princesse a vu une lueur, cette lueur s'est approchée et lui a susurré « je m'appelle Léonore et je voudrais venir vivre auprès de vous ». Maintenant elle y est. Ces pages la détruisent mais qu'est-ce que j'y peux ? Mon père il bandait, qu'est-ce qu'il y pouvait ? Je n'y peux rien il faut que je l'écrive ce livre. Quand elle fouillera partout dans l'appartement, comme le corps nu de Claude, on le cachera bien.

Claude est sorti. Il cherche une miroiterie pour la salle de bains. On a besoin de tablettes en verre. J'ouvre son calepin : « Vendredi 17 mars : hier, jeudi 16 mars 89, coup de fil de Christine vers 10 h 30 au labo de la fac, ça y est : Bourgadier a dit : travail magnifique, elle va être publiée. Il ne manque plus que le feu vert d'Antoine Gallimard. »

Je me rappelle ce jeudi, le coup de fil de Gérard vers dix heures, l'après-midi j'avais dit « vacances » et j'étais allée au cinéma. J'avais vu *Les Liaisons dangereuses*, celles de Vadim avec Gérard Philipe en habit de ski. « La nuit s'est passée sans dormir, entre bonhcur fou, peur tant que le contrat n'est pas signé, et délires sur le futur. La voilà heureuse pour de bon et à jamais, ma belle Christine ! » Claude m'aimait. De notre vie, on était dans les tranches de bonheur. Les endroits moches du calepin, je n'ai pas envie de les recopier. Avec Léonore à l'adolescence, on ne s'aimera pas. Certaines fois, on se déteste déjà. Mais jusqu'à nos deux morts on s'aimera et se réconciliera.

Comme elle est mignonne ! Comme elle est discrète ! Comme elle est distinguée !

*Vendredi 12 mars*

Hier Léonore est sortie avec Maman et André. Elle est rentrée vers sept heures du soir, pour dîner. Elle rentre, je sais qu'elle va rentrer. Elle est là, elle est ma fille. Je m'habitue, j'en ai marre, déjà. Après, nous sommes allés au restaurant rue de Candolle avec eux. Elle était dans la poussette, elle ne dormait pas, ça lui plaisait à elle d'être là. Elle n'a pas dormi, elle a essayé de séduire Maman toute la soirée. Et je me disais en mangeant, « mais à quoi ça sert qu'elle soit là ? ». À se trémousser, à faire la petite énervée. À se faire admirer.

La nuit a passé, je me suis réveillée, il est

maintenant dix heures et je me pose toujours la question de son utilité. Est-ce que je l'ai aimée huit mois, après presque plus rien. C'est peut-être parce que je suis fatiguée. Avant on était bien. Je coinçais son corps entre mes cuisses, et je bougeais. J'adore quand elle rampe sur moi. Petite, elle s'y endormait. À Saint-Tropez pendant les vacances, elle avait un mois et demi, on faisait la sieste ensemble parfois deux heures. Grand bonheur, total, immense. Comme à la clinique, seules. Je l'entends en ce moment. Claude a dû la mettre dans son parc. Et elle joue, elle pousse. Elle veut toujours quelque chose à toucher. Hier elle avait des cris sans harmoniques, du souffle, bizarre, venus comme d'un gouffre.

Quand elle rentre, ça fait la princesse qui rentre. Et que j'aime. Je ne sais pas pourquoi.

Je suis en train de la détruire... Que jamais elle ne lise ça, c'est une illusion. Bien sûr elle le lira. Même tard, ça la détruira, c'est comme ça.

Avant la naissance j'avais demandé à ma mère de faire un couffin. On a choisi un tissu provençal à lignes roses et jaunes, sans savoir le sexe, des lignes roses. Désaxer le garçon, on en a pris le risque. Avant de s'endormir, elle regardait son couffin. Les lignes jaunes, les lignes roses, les lignes blanches, les pétales dedans, les petites feuilles.

Maintenant elle dort dans son petit lit. Elle pleure quand je la couche. Dormir, ça n'avance à rien, elle le sait. Elle va mourir, elle le sait. Et que moi je vais mourir, elle le sait aussi. Elle veut que je reste à côté. À chanter, ou simplement rester. Je lui dis « tu ne veux pas dormir, mais qu'est-ce que tu as ? Dors, tiens, regarde ton petit chien, il est content que tu sois là ton petit chien ». Quand je prononce ces phrases, « ton petit chien », « tu ne veux pas », j'y crois, je suis complètement dedans. D'autres fois, je la prends dans mes bras, juste pour l'avoir. Je la respire sans y penser. En ce moment, elle est là, dans l'appartement, à deux pièces de moi, je n'y pense pas. Ça m'échappe, son corps.

Quand elle dort, le silence est tellement total, je me dis « est-ce qu'elle vit ? ». Mais je ne bouge pas, s'il est arrivé quelque chose, il est trop tard. Alors l'amour, qu'est-ce que c'est ? Hier comme elle m'énervait au restaurant, je me disais « au lieu d'elle un garçon ». Je ne sais plus, je dis n'importe quoi, je suis perdue. C'est très difficile.

En janvier, je faisais des courses dans le Polygone, à Inno. Je me revois errant dans le Polygone, gorge serrée. Avec la poussette. Les yeux au sol, on avait perdu le petit chien. Au rayon crèmerie Léonore l'avait encore dans la poussette avec elle... je l'entends qui crie dans son parc, dans sa chambre, elle s'en fiche de sa mère qui tape, elle a bien raison... Je me suis aperçue au rayon charcuterie que le petit chien avait disparu. Calmement d'abord, je suis retournée aux fromages, j'ai même demandé à la dame. Puis à l'accueil. À l'accueil on m'a dit « faites attention aussi à vos gants »... elle pleure, par moments j'aime bien qu'elle en bave, sur terre il n'y a pas qu'elle... Mes gants blancs étaient sur le point de glisser, mais ça, je m'en fichais, Léonore commençait à s'énerver, le petit chien à lui manquer. Dans le Polygone je regardais de tous les côtés, au sol. Après, je me revois, j'ai poussé jusqu'aux Galeries. Il y avait une animatrice, je lui ai dit « vous comprenez, ce n'était pas seulement un jouet, c'était son doudou ». Elle a compris. Elle m'a dit « je comprends, rien pour l'instant, mais revenez ». Tous les jours j'y suis retournée. Je savais qu'elle perdrait ce jouet. Je savais même que ce serait aujourd'hui. En sortant j'avais eu un pressentiment. On est rentrées bredouilles à la maison.

Quand j'aurai fini de taper, j'irai la voir, elle est dans sa chambre, je la prendrai dans mes bras. Quitte à lui faire mal, je la serrerai. Toute la journée, je jure de l'aimer. De l'aimer comme jamais elle ne l'a été. Mais ce soir on la laisse à Maman et André. La première fois, quelle culpabilité ! J'avais peur qu'elle soit marquée à vie de ne pas me retrouver.

« Quelle année 92 ! Dans quelques mois, petit bébé va naître. Jeudi 30 janvier, on a fêté nos dix ans de mariage avec Christine ! Toute une journée ensemble à ne rien faire d'autre que s'aimer, on est allés au cinéma voir *Un conte d'hiver* de Rohmer (très bof), on a terminé à Albert's Bar avec des crêpes Suzette ! Et hier, 1er février 92, j'ai soutenu ma thèse ! Mention très honorable ! On a terminé à la maison tous les deux, Christine et moi, avec une bouteille de Dom Pérignon et les petits fours salés et sucrés du pot de thèse (où il y avait Bénédicte, Marie-Armelle et Alexandra, François, Henri, les Boniface, Marie-Noëlle...).

« Lundi 2 décembre 91 : on est trois !

« Vendredi 13 décembre 91 : quatorze millimètres !

« Mardi 14 janvier 92 : six centimètres deux.

« Vendredi 14 février 92 : dix-huit centimètres.

« Jeudi 9 juillet 1992. À une heure dix du matin, Christine me téléphone à Montpellier : elle pense avoir perdu les eaux. Je pars vers une heure quarante, arrive à la clinique Mozart vers quatre heures trente. Le vrai travail commence vers sept heures. À dix heures vingt-cinq, Christine commence à pousser.

« À dix-heures cinquante-cinq naît notre petite Léonore ! Elle pèse deux kilos six cent cinquante et mesure quarante-huit centimètres. C'est le bonheur absolu, l'incrédulité, Rachel et André sont là, je passe la journée dans le bonheur à la clinique avec Christine et Léonor »... au début on l'écrivait sans le *e*... « J'écris ça le soir, rentré seul ; à neuf heures vingt-cinq. J'en pleure presque, d'émotion mêlée à la fatigue, la faim et une sorte de vague à l'âme bizarre. Je les aime, Christine, Léonor, Rachel et André, les adore. Passé une partie de l'après-midi à téléphoner à la famille et aux amis. Et dire que dans deux mois je commence mon nouveau métier à Montpellier !... Maître de Conférences... Vraiment 92... »

Léonore n'avait pas envie de dormir. J'ai dit à Claude de la mettre dans la petite chaise roulante et de me l'amener. Qu'elle ne me dérangeait pas. Il la pousse, et dit « voilà le petit train de l'amour. Le petit train de l'amour, de la joie et du bonheur ». Je note la phrase, je la trouve vraie.

Maintenant, une chose grave. Depuis des années, j'y pense, je me dis « je vais l'écrire un jour ce truc-là », et je ne le fais pas. À *Vu du ciel*, ça aurait très bien pu s'intégrer. À *Not to be* aussi, pourquoi pas ? À *Corps plongés...* et à *Nouvelle Vague*, encore mieux. Chaque fois je l'écris et je la raye cette chose. Alors là que l'usage est privé :

voilà. Maman connaissait quelqu'un qui s'appelait Jean Frelin, un homme. Un jour il m'a embrassée sur la bouche dans l'ascenseur, j'avais seize ans. Je l'ai dit à Maman, ça l'a choquée. Puis elle a demandé des explications, ç'a été « il fait ça très naturellement avec ses propres enfants, parce qu'il est d'origine russe, voilà pourquoi », et voilà ! Voilà ! Et puis aussi « il est bon pour moi ». Après on se scandalise pour les viols en général, et pour l'inceste avec le vrai père, qu'on n'aime plus. Mais dans les petites choses, de près, quand on pourrait faire quelque chose de concret, au moins comprendre, il n'y a plus personne. Mais on fait partie d'Enfance et Partage, on protège à tour de bras. Voilà, c'est tout. C'est dit. Surtout qu'à la même époque, seize ans, des baisers sur la bouche, sur la bouche entre autres, j'en avais marre de tous ces hommes faits. Dans le sens de camemberts faits. Marre.

J'ai relu et je me suis aperçue qu'après, je ne suis pas, comme je me l'étais juré, allée chercher Léonore pour la serrer. Voilà. C'est tout.

*Samedi 13 mars*

Léonore va rentrer. Hier soir, dans sa chambre vide, j'entrais, je regardais les murs, son lit vide. J'ai posé la statue en terre cuite sur sa cheminée. Quand elle mourra, pourvu qu'il y ait quelqu'un avec elle le jour où ça arrivera.

L'autre jour, il y avait à la télé une émission sur l'enfance maltraitée. Coups sur le visage, excréments sur le corps de l'enfant, séquestration, les poignets enchaînés au radiateur. Le matin, j'ai dit à Léonore « hier, Maman a vu une émission qui lui a donné des idées ». Puis j'ai dit à Claude « tu entends ce que je viens de lui dire ? ». Je m'en suis voulu après de mon genre d'humour.

Elle va rentrer. Elle est peut-être au coin de la rue. Dans la poussette. Il y a quinze jours j'ai fait une grande crise de nerfs. Je criais « Maman, Maman, Maman » puis « Léonore, je t'aime, Léonore, je t'aime ». Quand on pense à la misère, bien sûr il y a un côté ridicule. Mais Léonore va mourir. Pour l'instant, elle dort. Quand elle dort, elle tient le fil des heures, l'ordre des années et du monde, autour d'elle. Sans savoir exactement ce que c'est. D'instinct elle les consulte à son réveil. Et, en une seconde, repère le point de la terre qu'elle occupe, le temps qui s'est écoulé depuis son endormissement. Elle est encore vivante. Ça peut aussi s'emmêler. Ça ne fait rien, elle ressent toujours comme un petit animal le sentiment de l'existence, pour l'instant.

Quand elle va rentrer j'aurai un moment de déception. À la pensée qu'il y a devant moi ma vie, mon amour, ma joie et aussi ma mort. Je dois m'y préparer. Léonore est là, pas loin, dans le quartier. Léonore est là, il ne faut jamais oublier ça. Son visage, que je l'aime. Et son corps.

*Dimanche 14 mars*

Mon Dieu, ma chérie. Avec tes yeux bleus. Je la caressais, son petit visage doux, et elle s'est endormie tout de suite. Très vite. Avec ma voix. Claude pendant ce temps-là accrochait au mur de sa chambre *Animals* de Pink Floyd, le fond bleu, les cheminées de Battersea Powerstation, et le cochon rose qui se balance au milieu. Hier, Claude a joué deux minutes de guitare avec Pierre. Il était heureux. Ce matin, on est fatigués mais si bien. C'est dimanche matin. Comme je suis heureuse d'avoir un enfant. Comme je suis heureuse que ce soit elle. Maintenant je dois avouer quelque chose.

J'ai menti. C'était mercredi. J'ai recopié un poème dans *Impressions du Sud*, une revue pas connue, et j'ai dit qu'il était de moi. Les écrits privés, on espère qu'un jour quelqu'un va les trouver, alors j'ai menti. Une gamine. Il était de Marina Tsvetaïeva. Aujourd'hui, pas un pouce de haine. Aujourd'hui, l'inceste avec elle, c'est seulement le bon côté. Mon père me disait quand je craignais la douleur « non c'est bien d'avoir des enfants, c'est mignon », en parlant des deux autres. Il avait raison ! Et puis, Claude, le carnet. La vie c'est tout cela en même temps, un dimanche matin, fatiguée, les courses à faire au marché, dans la tête mon père, ce sera tous les jours jusqu'à ma mort. Comme elle. Et, le carnet, Claude qui plante des clous à côté. Qui doit préparer son cours à un moment quelconque de la journée. Et Maman à qui je dois téléphoner pour qu'on se voie. Peut-être Pézenas, mais peut-être pas, il pleut. Et hier, avec Pierre et Muriel cette bonne soirée. Léonore hier, adorable, a joué puis elle s'est frotté les yeux, je l'ai couchée et elle a dormi. Si seulement ça pouvait être toute la vie. Malgré les souvenirs de mon père, et cette poussière qui reste dans l'appartement, et quoi qu'on fasse le blanchit. Hier Muriel a apporté du Blindor, on va bien voir. Et puis, Claude, posé à côté de moi, le carnet : « Nous évoquons Christine et moi, dans les minutes qui précèdent le sommeil, les doux lieux où nous nous sommes aimés, ceux où nous avons souffert. Blacas étant hors concours, c'est la rue des Coutures qui arrive en tête, suivi d'Urbain Bosio. Le trois de la rue Chanteraine est loin derrière. »

J'entends les cloches qui sonnent, il est dix heures moins le quart. La messe va commencer. Je me dis « décidément ce matin, tout va bien ».

*Lundi 15 mars*

Je ne veux plus jamais coucher, ni être pénétrée. Plus maintenant. Ni par Claude, ni par un autre. De toute façon, hier soir on s'est disputés. C'est grave, c'est sans doute fini. Il reste son papa et moi je reste intacte. Depuis Léonore je suis vierge et immaculée, mère de Dieu. Et Claude, Joseph, a pris soin de nous, c'est tout. Mais la Vierge c'est parfois elle. Hier, sur la chaise longue, j'avais Léonore avec moi, je la remuais, elle s'agitait. Je l'ai assise sur ma tête, les jambes écartées, sur mes oreilles à peu près. C'était l'accouchement renversé, le contraire du 9 juillet. Maman a dit « la pauvre ». Quoi la pauvre ? J'étais bien dans cette position, sur ma tête l'immaculée. Là, je viens de la coucher. On s'est regardées. Elle me regarde l'air de se dire « oh ! ma maman m'aime ».

Elle tenait son petit chien, mouillé par la nuit. Elle était allongée sur le dos, les doigts sur les oreilles du chien, la tête dans le coin du lit, posée. Elle m'offrait son visage, ses yeux bleus, l'opacité de sa chair. Ses lèvres, vues à travers la sucette, étaient des géraniums meurtris, deux pétales aux attaches parfaites qui s'ouvrent, se referment sur un gond, dans l'action de téter, la succion. Ses regards sont masqués par cette couleur bleue, toujours. Un ciel, Dieu qui me regarde.

Après une heure d'interruption, je reviens à la machine. Claude veut se prendre un studio, je suis d'accord. J'ouvre le carnet, et je lis « ma désolation, ma tristesse quant à la vie moderne ne font qu'empirer. Ce n'est pas un mimétisme de plus avec Christine, la misanthrope maison. C'est le contraste avec l'Angleterre qui me fait ça, la vie douce et dorée de Bath, ou rude et pure de l'Écosse. Alors que, Nice, la Côte d'Azur, les touristes partout, les musées qu'ils accaparent sans rien y goûter, et l'horrible télévision... »

Léonore pousse des petits cris, elle est calme, elle joue bien. Tout, paisible. Elle aurait pu vivre au milieu de parents aimants. Là, elle sera entre la maison de Maman et le studio de Papa. Comme beaucoup d'enfants. La plus belle chose de ma vie, je l'ai eue par lui. On se quitte à cause d'elle. Bien sûr. À cause d'elle, j'ai arrêté d'écrire des romans de merde et du théâtre de merde. À cause d'elle, le couple se sépare. Au monde il n'y a plus qu'elle que j'aime, ma maîtresse. Je voudrais qu'elle me tape dans le ventre encore, qu'elle me batte, je suis son esclave, qu'elle me frappe, qu'elle me chie sa merde dessus. Qu'elle m'oblige à la lécher et à la mâcher. Je voudrais sortir dans la rue, et comme coiffure avoir ses excréments. Pour l'instant tout ce que j'ai, c'est des vêtements tachés, de lait ou de légumes mixés. Je voudrais qu'avec des talons aiguilles elle me marche sur les seins, mes vieux seins. Qu'elle me mette dans le con des bougies et qu'elle enflamme. Que tout s'embrase sauf elle, à jamais. Oui, c'est vrai.

Une année, le 16 mai, voilà ce qu'il écrivait : « Deux nuits sans Christine, partie en clinique. Seul, je suis loin de m'ennuyer mais la vie en soi me lasse vite. Christine au moins organisait ce vide. Longue discussion hier soir au téléphone avec Janine sur la mort. Elle expliquait, comme Lucrèce ou Schopenhauer, que, soit la vie a été bonne, et qu'alors, rassasié, on la quitte sans regret, ou qu'au contraire on a hâte de mettre fin à ses souffrances. Mais il y a un hic. Bien sûr j'aurais préféré ne pas me trouver là, mais la principale raison en est peut-être la peur de repartir. » Il est dans la chambre, il prépare son cours d'histoire de l'Angleterre. Dans l'autre chambre, Léonore.

... Je suis allée la chercher, et je l'ai assise devant moi, avec ses livres. Elle m'offre son profil, ses petites joues gonflées, ou alors, de face, elle me fait « ah » en attendant ma réponse. J'ai rendez-vous tout à l'heure pour ma gym chez le kiné. Mais, au fond de moi, j'aurais voulu toujours rester comme le 10 juillet, le ventre plat mais qu'on sent vidé, avec des plis, une impression de sac vide, et mes fesses. Je les voyais dans la glace de la clinique, je les aimais. Elles s'étaient aplaties, les muscles complètement fondus. Ceux du dos, longs, pendaient sur le côté des os de ma colonne vertébrale. J'avais le visage blanc, je marchais à tout petits pas, lentement, à cause de l'épisiotomie qui me faisait mal. Je repense à la première douche après l'accouchement, la glace murale dans la salle de bains, ce beau corps que j'avais. Claude qui m'aidait. Cette fatigue d'enfant. Et, pas loin, dans son berceau, ma fille. Maintenant j'ai repris, j'essaie et j'achète des vêtements. Je fais de la gym. Alors que tout est fini. J'étais tellement plus belle dans mon corps mou, avec mon ventre relâché, dans cette salle de douche. Comme j'aimais mon ventre relâché. Cette belle maison.

Il était en Angleterre, il écrivait : « Je me trompe ? Suis-je prétentieux ? Mais ce soir en rentrant, Kate arrangeait la maison, pick-up et disques étaient sortis, la musique la faisait chanter. Il y a comme du changement dans l'air depuis que je suis là, comme un peu plus de jeunesse. Aurais-je une petite influence ? Pourtant je me gaspille avec eux. Christine doit tout avoir. »

*Mardi 16 mars*

Léonore a eu sa première paire de chaussures hier. Avec, c'est la grande fille. Claude reste. Il a donné le bain à Léonore, tôt ce matin, j'avais préparé les vêtements. Son ensemble gris clair et en dessous un petit body blanc. Quelle grande beauté, dans son parc !

Juste une parenthèse pour dire que je tape, avec, Claude au téléphone en face de moi, et M. Caillau qui passe de temps en temps pour purger les radiateurs. Ça ne me dérange pas parce que mon sujet c'est Léonore qui les écrase.

Hier, il pleuvait. Mais nous sommes sorties sous la pluie. Nerveusement j'étais à bout. J'ai hésité avant d'entrer dans un café. À cause de la poussette, faire de la place entre les tables. Je suis entrée. Une table donne sur la vitre extérieure. Je suis entrée et on s'est assises, on sentait la fumée, le café. Léonore a pris le petit paquet de sucre pour jouer. Elle ne m'aime pas, trop petite.

Samedi je me suis fait couper les cheveux. Mon visage a perdu l'air négligé et fatigué de mon corps depuis huit mois. Je suis peut-être plus jolie mais Léonore ne s'en aperçoit pas.

... Elle s'est réveillée, je suis allée la chercher et je l'ai assise en face de moi, elle rit et se racle la gorge. Elle me fait un sourire très doux, et pourtant je viens d'avoir une vision de mort. J'imagine ses petits yeux bleus dans la poubelle. Pas seulement ses yeux, aussi ses mains sur le modèle de mon père et des miennes. Et ses lèvres qui s'affinent, qui se précisent. Au lieu d'être dans la poubelle, elle est sur sa chaise transformable, position basse, en face de moi, elle fait du bruit. Tout à l'heure, après son repas, on part gentiment à Marseille tous les trois. Chargés comme des mulets, le lit pliant, la poussette, les vêtements, les affaires de toilette, de repas. Des mulets, on n'a pas le choix.

Elle me regarde intensément. Avec les autres ça finirait au lit. Toutes les deux, Dieu sait qu'on s'excite pourtant toutes les deux, on est mieux comme ça, on n'attend rien. C'est plus fort que l'orgasme avec vous, les autres. On se suçote. Si ça devenait sexuel, ça serait fou. Claude travaille dans notre chambre. Moi, quand je tape c'est toujours dans la grande pièce. Dans la petite chambre face à la fenêtre, il continue de préparer ce fichu cours d'histoire qui nous bouffe. On manque de promenades, ne serait-ce que dans les rues une demi-heure. Il me manque. Dans le carnet, je lis : « Avec le printemps, le corps des femmes se fait plus beau, plus tentant. Leurs seins m'attirent sous leurs légers vêtements. Des rêves de caresses m'ont obsédé toute la nuit. J'aime penser au sexe, bander en pleine rue, et d'une vision fugitive, poursuivre en imagination. La tendresse, la chaleur des corps qui passent me font envie. L'ennui et la culpabilité seraient-ils comme je le pense au rendez-vous ? Je ne le saurai sans doute jamais. » Je saute quelques pages, « mes idées, si elles ne sont pas originales, m'appartiennent en propre. J'avais abandonné mon carnet. Ce matin je l'ai repris. Ce matin, j'ai renoué le dialogue avec moi-même. La sensation est suave ».

Au retour de Marseille on ira voir un pédiatre. Un nouveau parce que dans les bras de l'ancienne, Léonore pleure. Pas seulement pour les vaccins, les mains de cette femme. Et quand on arrive, rien à Léonore. Mme Gasiglia à Nice quand j'arrivais disait « bonjour mon petit bébé », elle établissait le contact, Léonore ne pleurait pas. Il fallait qu'elle ait mal.

... Le livre de Léonore est tombé, en plus

elle a fait caca. Elle souriait. Elle sourit, elle, quand elle fait. Elle a bien de la chance.

Claude, le seul rapport qu'il a avec Léonore quand il la voit, c'est « comment il fait le lapin ? » et il saute en faisant l'idiot dans sa direction. Parfois, oui, ça la fait rire, mais, d'autres fois, pas tellement. Elle aimerait avoir un père, un père. Est-ce qu'il a seulement une idée de ce que c'est ? Il pense que le lapin c'est son humour. Pour l'instant, mais vite elle aura besoin d'un homme.

Sinon, Claude, samedi 25 juillet, quelle année ? « Des mots merveilleux. Il ne faut pas les oublier. Daniel Rondeau à qui elle avait envoyé son manuscrit a dit "j'ai reçu plusieurs milliers de romans depuis que Quai Voltaire existe. Vous êtes le seul que j'ai lu jusqu'au bout". Bravo Christine, tu es merveilleuse. » Oui mais Rondeau après il n'a jamais rien fait.

*Mercredi 17 mars*

Hier, c'était la Première de *Conversation Pieces* à Marseille. La pièce puis le pot avec tout le monde. La baby-sitter s'appelait Marjorie, elle a gardé Léonore à l'hôtel. De toute façon, Léonore a dormi. Maman et André sont venus voir la pièce, bien habillés. Je n'ai pas pu me retenir, en les voyant, « les gens magnifiques » j'ai dit. Je suis rentrée tard, et en passant devant leur chambre j'ai embrassé la porte. Doucement. Dedans, Maman. J'ai pensé « demain je l'écrirai ce baiser ». Et puis devant la nôtre, doucement, j'ai recommencé.

Léonore, je dors avec toi. À l'hôtel on a la même chambre, je me repose. Elle est dans son lit pliant, on est fatiguées.

Le soir chez Hélène, en t'endormant je t'ai chanté des promenades avec ta mémé, ma maman, au Jardin des Plantes, au Peyrou, les courses avec ton pépé, et le soir, ton retour à la maison, dans ta chambre, tes parents aimants. Comme je t'ai aimée !

*Jeudi 18 mars*

Nous sommes rentrés à Montpellier. Sur le mur d'en face, dans ma rue, le soleil se reflète. Sur la route dans la voiture, j'ai eu une mauvaise pensée. À Montpellier, je suis jalouse de Pierre, forcément, avec son argent. À côté de moi. Sa femme est enceinte, je me suis dit : pourvu qu'il soit mongolien, pourvu qu'elle soit mongolienne puisque à l'échographie c'est une fille, une petite Gaëlle. Tout de suite je me suis repentie, mais sans regretter, ce n'est pas grave. Et j'ai eu d'autres pensées. Parmi elles, un titre, *Léonore, toujours*.

Hier on a visité ensemble le musée Cantini à Marseille. Une exposition Gordon-Matta. Il y a eu des moments noirs aussi. L'après-midi à l'heure de la sieste, moi aussi j'aurais bien aimé dormir. Et puis le soir, Hélène, comme elle la touchait avec ses ongles rouges. Comme c'étaient des caresses intimes ! Sous le rouge comme ses ongles étaient noirs, et avec la chaleur, l'odeur. Mais je la lui ai donnée. Je lui ai dit « tiens, prends-la, tiens, tu la veux ? ». Elle lui faisait des baisers dans le cou que même moi je n'ose pas. Et j'ai été surprise mais Léonore a eu l'air d'aimer ça.

*Vendredi 19 mars*

Avec Marseille je suis restée deux jours sans carnet. Je l'ouvre, samedi 18 avril : « Que fais-je de ma vie ? "La gagner", aider Christine à écrire, est-ce suffisant ? J'ai soif de création, m'en sens incapable, d'où le malaise. Elle seule me donnerait la substance. »

Hier, avant de me coucher j'ai pensé que Léonore, je pourrais tout voir d'elle, toute sorte de scènes, mais pas son accouchement. Sauf ça. Non, pas ça. Hier, on revenait de Marseille, dans le siège-auto elle était derrière nous, dormait avec son petit chien rouge. On avait coincé dans la vitre arrière une serviette pour lui éviter le soleil, une serviette blanche. Elle a dormi avec au début ma main sur la tête. Quand on est arrivés à Montpellier, elle était réveillée. Un ciel bleu, un soleil splendide. Si elle a un enfant j'aimerais m'occuper uniquement de la délivrance. Enlever moi-même les glaires, les couches pleines de sang, moi-même les mettre à la poubelle. Mais rester dans le couloir tout le temps avant.

Cette nuit j'ai rêvé d'un Allemand, Angst, qui s'était fait violer. Les Juifs l'avaient fait prisonnier, puis torturé. Depuis mon père, mes rêves sont viciés. Sur leurs bras il y avait les numéros des officiers qu'ils avaient violés et massacrés. Novar, une belle brute, aimait Angst plus que tous les autres officiers. Dans mon rêve. Novar ne pouvait plus se passer de lui... Léonore dort. Je dis que le monde est un petit pois à côté d'elle. Je le pense. Même Auschwitz à côté d'elle est un petit pois. Même ce viol que j'ai rêvé. Prisonnier qu'il était, Angst se laissait faire au début, et il le caressait même... Cette phrase dans le rêve m'a frappée « au début je le caressais » parce que, moi aussi au début mon père, certaines fois, je le caressais comme une prisonnière. Angst avait un insigne, une chose en forme d'aileron ou de nageoire. Ce Juif, ce Novar, était un garçon blanc et roux qui répandait une forte odeur de chenil dans le rêve. Novar défonçait Angst sans préparation. La grande pine de glace s'enfonçait. Le cul de l'Allemand avait mal et se rétrécissait. Plus la queue juive entrait, plus ses fesses tremblaient. C'était la première fois qu'un homme le violait. Pour détacher son instrument, il l'a retiré d'un geste sec, le grand roux. Et, sur son gland, il y avait le sang de Angst. Dont les plaintes étaient des hurlements de douleur. Novar lui disait « tu peux crier, boche, idiot, ça me fait bander ». Novar a versé de l'huile sur l'anus de Angst et dans le creux de sa raie. Il a approché son index baigné de lubrifiant. Pour bien graisser l'intérieur, il l'a enculé jusqu'au poing, et ensuite il a fait couler ce qu'il restait d'huile sur sa grande pine à poils roux dessous. A renfoncé son gland brutalement. Dans mon sommeil j'étais raciste, je disais « ce n'est pas étonnant, toujours ils sont brutaux, il n'y a qu'à voir commercialement, comme ils nous enculent commercialement ». Et je regardais. De nouveau le corps de Angst se tordait, ses reins tremblaient. Son anus dilaté comme jamais par le plus copieux étron. Le sphincter se resserrait sur le bélier de glace. Novar a poussé son engin sans rémission jusqu'à ce que ses couilles s'incrustent dans la peau des fesses de Angst. À cet instant, Angst comprend qu'il est antisémite. Là-dessus je me suis réveillée et j'ai pensé à Léonore, ma création. Et que, l'accouchement d'une femme, c'était mille fois pire que ça, l'antisémitisme.

Léonore grandit. Hier elle a fait un son nouveau. Claude m'a dit « tu as entendu ? ». Au dîner je lui ai donné du pain pour jouer. Cinq minutes, ça l'a calmée, après les cris stridents ont recommencé. Et, pour la première fois sur son visage, quand j'ai dit « Léonore arrête », elle a eu de la peine sur ses traits. Mais j'avais les oreilles qui faisaient mal. Toute la journée des activités, des courses, si au dîner on ne se détend pas. Notre couple, avec elle ça va devenir quoi ? Des chiens fatigués et elle, qui rit, qui crie.

Quelle merveille d'avoir un enfant, lui mettre un gilet pour qu'elle n'ait pas froid ! Je viens de l'amener dans la pièce et de lui mettre son gilet bleu marine. Elle tire sur les manches pour les suçoter. Il est onze heures et demie, il va falloir penser à son déjeuner. C'est légumes-poulet qu'elle préfère, je le sais. Mais je ne lui donne pas toujours ça. Elle doit se dire « méchante ». Elle recommence à crier, strident et insupportable. Claude lui dit « tu es une vraie petite sauvage ».

*Samedi 20 mars*

Hier j'ai pris un Xanax. Enceinte j'avais arrêté, mais là, notre vie qui finit, le soir j'ai la gorge serrée. Et la fatigue chaque jour je sais qu'elle recommence. Hier il y avait un soleil splendide. Dans la rue tout le monde se retournait sur notre poussette. Il en sortait des cris de joie, même à l'air libre ça perce le tympan des gens. Et juste avant de sortir, moi qui tapais. Elle faisait la même chose, crier, mais entre les murs de l'appartement. D'abord calmement je lui ai dit « doucement ». Pour elle ce sont des cris de joie. Elle a une manière d'exprimer la joie tellement excessive, pour les autres insupportable. Et puis, je ne me contrôlais plus, en me retournant contre elle j'ai gueulé « ARRÊTE ». Son petit visage qui s'est décomposé, sa bouche qui s'est tirée vers le bas, et puis tout d'un coup les pleurs, de ma vie je ne les oublierai. Je l'ai prise dans mes bras, désolée. Je lui ai dit dans mes bras « Maman est fatiguée, excuse-la ». On est vite sortis et c'est là que tout le monde regardait cette poussette avec dedans ce bébé fou qui criait. J'entendais « c'est lui qui a fait ça ? ». Pourtant j'en regarde des poussettes. Comme elle, c'est la première fois. Avec une telle envie. Dieu ! comme le monde la décevra. Quand on la voit de dos, comme nous derrière la poussette, le buste dressé, tendu vers l'avant, et à l'horizontale les petits bras qui bougent sans arrêt. Sans arrêt le mouvement, essayant aussi d'attraper quand des gens passent leurs pantalons, leurs jambes, leurs jupes, leurs paniers, ou aussi en longeant le marché aux fleurs hier, les bouquets. Les voitures aussi, les morceaux de carrosserie qui dépassent. Et, de temps en temps, la tête se casse en arrière pour nous voir et rire. Il faisait chaud, alors son vêtement débraillé autour. Place de la Comédie, j'ai dû attendre Claude un moment, je me suis mise en face d'elle et je me suis baissée aussi bas qu'elle, avec toute la terrasse à côté qui devait me regarder... Et alors ? Notre intimité, les gens peuvent la regarder. Elle tendait ses mains pour me toucher, d'abord les jambes de mon pantalon, je suis tout en noir toujours. Dommage pour une maman. Après c'étaient mes mains et mon visage. Toujours avec cette volonté d'être aux premières loges. Comme dans la rue.

Ensuite on est rentrés, elle s'est endormie. On en a profité pour vite manger dans le calme. Puis, le repas, le bain c'est moi qui l'ai donné, puis dodo. J'ai regardé *Les Amants crucifiés*, Claude a travaillé dans la chambre jusque très tard.

Dire que ma petite fille, j'ai pensé à elle à l'occasion du sida pour la première fois. De voir un ami mourant à l'hôpital, il y a deux ans, j'ai voulu la vie. On allait à l'hôpital tous les deux jours, et tous les soirs je pensais à cette vie dans mon ventre, j'en voulais. On était à Nice, l'été, à l'hôpital de Cimiez. L'ami c'était Patrick, le copain de Frédéric depuis des années. Je ne supporte pas la déchéance et je souhaitais sa mort. Mais ça a traîné. Léonore vient de lui, et de cette maladie, un homo bien sûr... Elle vient de se réveiller... En sortant de l'hôpital, j'ai pensé à elle, petite graine, pour la première fois. C'était en août 91, je me rappelle. Déjà, je vivais avec elle. Le soir, quand nous sortions, les magasins fermaient. Nous avions à peine le temps de faire des courses. Nous allions à Prisunic, nous mangions n'importe quoi. En plein été, à l'époque des beaux fruits. Comme excuse on avait la mort à deux doigts. Nous ressortions de cet hôpital tellement cassés. Prisunic fermait le quart d'heure d'après, les rayons étaient bien sûr presque vides. On n'avait plus le choix qu'entre des fruits pourris et du fromage rance. Donc on avait besoin d'une vie. Léonore est venue d'un dégoût au départ. Après la mort, il y a eu l'enterrement, le déménagement des affaires de l'appartement. Et, quelques mois après, on s'est fâchés avec Frédéric.

« Mardi 21 juillet : son petit déjeuner avalé, la petite Sarah demande à Kate "can I go and play ?". Cette petite phrase déclenche brusquement toute une vague de souvenirs, de matins avant l'école, de soirs après la classe, de journées d'enfance où le temps était si différent de celui des adultes, toujours affairés. On dormait, on mangeait, on jouait. On jouait dès qu'on avait un instant. Jusqu'au moment où c'était l'heure de partir, de manger ou de se coucher; une petite vie d'animal, douce et chaude. Toutes ces journées ont disparu dans la brume. »

*Dimanche 21 mars*

Léonore a besoin de se traîner par terre, mais le Blindor n'a pas enlevé la poussière des dalles. Nous n'avons pas encore la solution.

Aujourd'hui dimanche, mais la seule bonne chose ce matin, c'est le bruit des cloches.

Avec Claude on n'a toujours pas fait l'amour. Bien sûr à cause d'elle, la belle. Je lui ai mis son body blanc et son vêtement rose pâle, superbe. Plus, un petit foulard beige sur la tête.

Sinon, dans le carnet, je trouve

« aujourd'hui, 15 février 92, Christine m'offre onze pots de confiture pour ma fête (Auer et marché) ».

*Lundi 22 mars*

Claude est parti travailler, Léonore a un beau visage reposé. Je lui ai donné son biberon. J'ai mouillé un kleenex et j'ai lavé son visage avec. Elle a fermé les yeux, mais sans rien dire. J'ai embrassé ce visage humide. Claude dit que je ne lui fais jamais de baisers à lui, spontanés. Pourtant ma vie entière est sexualité, la preuve : cet amour, le désir, les échanges avec elle. Dans le sexe avec Claude souvent je pense qu'il est son papa. Et la passion prend le relais de la politesse sexuelle. Bien sûr je ne suis pas encore guérie. Mais je ne suis peut-être pas incurable. La situation n'est pas désespérée, l'espoir demeure. La vie est déjà meilleure. Alors, oui, on a moins de temps pour rester au lit. Aujourd'hui c'était neuf heures le réveil, mais c'est exceptionnel. Et, aujourd'hui justement, Claude travaillait à huit heures. Le désespoir concerne ma vie passée uniquement. Léonore jusque dans notre lit fait naître l'espoir. Le peu qu'on a fait l'amour depuis qu'elle est née, c'était d'une force incroyable. Sans craindre les obscénités, les visions sales. Et si on n'a pas fini, tant pis si elle commence à gémir. Tant pis, nous, on finit. Il y a un an, j'avais déjeuné avec Sophie à Bordeaux, elle posait la question à table : Dans la vie qu'est-ce qu'on préfère ? Elle, c'était faire l'amour, ou fumer une cigarette. Je ne sais plus ce que j'avais répondu. Être dans l'eau peut-être, dans l'eau d'une piscine, quand il fait bien chaud et que l'eau est fraîche.

« Mardi 7 juillet : En me fondant à elle, Christine me fait oublier que j'existe. Je deviens élément de sa beauté, jeunesse et gaieté. » Quand j'écris, j'oublie que j'existe moi aussi.

... Je viens d'aller voir Léonore, je l'entendais pleurer. Je me suis dit « malgré le réveil tardif, elle est peut-être fatiguée ». Eh bien non, elle était agrippée aux barreaux de son parc, elle essayait de se hisser. Je me suis baissée, je l'ai aidée un peu, elle se tenait sur ses pieds, les mains accrochées. Aujourd'hui, lundi 22 mars. Et ça va continuer. De progresser jusqu'à la mort.

Le jour d'après, dans son carnet, 8 juillet « une nuit passée chez mes parents, dans mon "ancienne chambre". J'y ai dormi dix ans, nulle émotion ». Ce matin, à laver Léonore j'ai eu un grand plaisir. Son petit visage se laissait laver. Les oreilles, les yeux, le front aussi c'est merveilleux. Je l'ai habillée en petite fille française, bleu, blanc, rouge... Elle pleure...

... Elle n'a pas envie de dormir. Je l'ai prise dans mes bras, je l'ai lancée en l'air pour qu'elle rie. Mais dans son parc, après, il n'était pas question d'y retourner. Même debout, agrippée. Alors elle est assise en face de moi avec ses livres et sa sucette. Tout à l'heure, ensemble on ira poster à Gérard tout jusqu'à hier, cinquante-cinq pages. Dans le carnet je tombe sur le 10 juillet : « Voilà, c'est arrivé, c'est non pour Christine, mais dans la foulée c'est l'avalanche de compliments et d'encouragements de Pascal Quignard. Pour moi, soulagement, fierté d'entendre parler d'elle en ces termes. »

Je vais écrire la vie de Léonore jusqu'à ma mort. D'une façon plate, et détaillée si je peux. En espérant que ça ne va pas gâcher. Avec Claude ça a presque tout gâché. La réalité et tous mes fantasmes étalés. Mais Léonore résistera. Elle adore nous voir nous embrasser. Elle rit. Elle nous regarde et elle rigole. Moi, la première fois que j'ai compris que mon père avait dormi avec ma mère, j'ai pleuré. Maman était venue me consoler.

« Dimanche 26 février : Le séjour

d'André et Rachel fut merveilleux. Même si le bris de la lunette arrière de leur voiture l'a un peu compliqué. Journée de dimanche à Villefranche au resto avec une paella, puis le Salon des Antiquaires, on a pris des photos. Soirée d'anniversaire très réussie. Christine en beauté, un peu mélancolique. Tendresse, amour, pincements au cœur. Heureusement, plus le temps s'écoule, plus Christine se souvient d'une bonne soirée. Rachel et André sont si loin, être si bien avec eux me rend triste. Je n'ai pu cacher mes larmes en les laissant à l'hôtel. Rachel au défilé du carnaval qui voulait rester "jusqu'à la coccinelle". Depuis, beaucoup de travail et mes angoisses pour ma thèse. Visite triomphante de Christine à Paris avec Bourgadier. Je suis sûr de sa réussite. C'est lui qui la publiera. »

*Mardi 23 mars*

Gérard vient de m'appeler, il m'a dit « je ne sais pas si vous voulez le publier... » et puis « le carnet c'est génial ». J'en remets :

« 24 juin : Il n'y a rien de plus insupportable que ces étrangers qui ignorent ou méprisent la France. La chanteuse Carmel déclarait l'autre jour qu'avant de faire un duo avec lui, elle n'avait jamais entendu parler de Johnny Hallyday, et qu'elle n'avait accepté que sur l'insistance de sa maison de disques. Quel toupet ! Elle, une petite chanteuse de rien du tout. Qui non seulement fait preuve de son inculture musicale, mais a l'audace de proclamer cela à la télévision française. Sans être nationaliste à outrance, le mépris que nous infligent les étrangers, en musique notamment, me révolte. » Mais oui, c'est génial. Avec moi qui ne suis plus rien, quel contrepoint !

Léonore marche. Ce matin, j'appelais dans la maison « Papa » — moi ! —, elle se tenait dans son parc debout. Voilà pourquoi, je voulais qu'il la voie. Et cet après-midi surtout : moi j'étais assise, je l'ai posée par terre devant moi, debout, elle m'a lâché une main, a pris le rebord de la table, ensuite la chaise, elle a lâché, une seule main était accrochée. L'équilibre était bon, elle riait. Elle ne va pas tarder à gambader. Au-dessus de mon bureau, j'ai une photo de moi, petite fille, à Gérardmer, avec ma poupée, la Sophie je crois. Un bandeau, et des lunettes noires, une vraie star. Et puis une robe à bretelles que j'adorais, et un collier en perles fausses qui s'emboîtaient.

Léonore dort, j'ai eu un mal fou à l'endormir et la bercer, j'ai chanté. J'ai inventé une chanson, déjà je ne m'en souviens plus. Quelque chose comme « il faut dormir, dormir, dormir... » un peu envoûtant. Dans le carnet, au milieu du dimanche 26 février, il y a « et puis François et Véro si gentils vendredi soir, mon frère, doux, triste et aimant hier soir au téléphone, mes parents si loin, Rachel au téléphone ce soir, si jeune, qui me serre le cœur, mais je lutte et refuse que la tristesse m'envahisse, et les billets pris pour Pâques à Paris, Fiona rejoignant Christine, et le week-end prochain à Alassio. Il y a un contraste en ce moment entre mon travail, prenant, difficile et fatigant, le cœur serré plein de doutes et de tristesse d'être loin des gens que j'aime, et à côté plein de choses matérielles très bonnes. Ce matin, courses très tendres à Saleya, tempête et ciel bleu sur la mer, vagues blanches énormes, superbe, puissant. Je trouve ça réconfortant, Christine dit non, dangereux aussi. L'après-midi, la télé nous apprend des accidents graves à cause des vagues sur la Promenade ».

Ce matin, j'oubliais de dire, nous avons fait l'amour. Léonore adore quand on s'embrasse. Mais j'ai encore mal. Il faudra que je demande une infiltration à un gynécologue. La pénétration fait toujours mal. J'ai voulu quand même, parce que merde. À Montpellier je n'ai pas encore de gynécologue. L'infiltration c'est une piqûre dans le vagin, il faut avoir confiance en lui. Cette aiguille qui vous rentre. Sous anesthésie locale, mais l'aiguille. Sinon, mon Dieu comme c'était bien comme ça fait du bien ! C'est mieux que la masturbation. Même à deux.

Parfois je me dis « Léonore n'est pas le sujet de tout ça ». Tout au plus, le prétexte. J'ai toujours eu besoin d'appuyer mon imagination sur des personnages réels, mais jamais je n'en ai dépeint, ç'a toujours été des personnages inventés. Dans un univers de convention, ici le journal, seuls des personnages fictifs et de convention peuvent exister. Intégrer la vraie Léonore à ces pages équivaudrait à intégrer une vache ou un oiseau à un tableau de paysage. Pas plus que l'oiseau ne tiendrait en place dans le paysage, Léonore ne tiendrait sa place. La dépeindre réellement, telle qu'elle est réellement, j'en suis incapable. Elle est belle. Mais quelqu'un d'autre que moi je n'arrive pas à me le figurer totalement. Je le fais quand même avec elle. Je sais que ça va la mettre dans la merde mais je le fais. J'essaie. J'imagine toute une vie, la sienne, dans un livre. Ce ne sera peut-être qu'un pâle reflet de la vérité, c'est ça ou rien. En riant je viens de l'appeler Tricotine. Parce que j'aurais pu avorter d'elle avec des aiguilles.

Quand je réfléchis à l'histoire de ma vie, j'en arrive à la conclusion qu'avec toutes mes peines et mes souffrances, je vis ma vie plus intensément que les gens dans leur tranquillité. Léonore va mourir, je le sais. Moi aussi, je le sais. Alors que d'autres oui, moi je n'en supporte pas l'idée. Surtout pour Léonore. Léonore va souffrir. Je suis malheureuse, malheureuse. D'autant plus que j'écris. Parce que j'écris, bien sûr. Depuis longtemps j'ai arrêté de marquer, ça n'a duré que quelques jours, marquer. Quand on a comme moi un enfant, une fille, et qu'on écrit, c'est un enfer. Les gens sont plus tranquilles mais c'est pire. Je suis entourée de choses qui m'oppressent et je passe par des frayeurs — mais au moins je vis quelque chose. Les gens n'ont rien vécu du tout. Je suis en enfer mais au moins je suis en enfer, et les gens ils sont, au mieux ils sont dans les limbes, ils ne sont pas du tout d'ailleurs. Léonore va mourir mais aura-t-elle vécu ? Il faudra qu'elle ait un enfant. Je l'inciterai. Même si l'accouchement c'est la pire horreur. Et puis, tout le monde ne qualifie pas d'horrible, ce qui selon moi est horrible. Alors...

Aujourd'hui Léonore est tout en rose, c'est moi qui l'ai habillée. Et les chaussures, blanches. Le pull rose est son premier très beau vêtement, tricoté par Maman. Je l'avais reçu à Nice par courrier, je lui avais mis tout de suite, elle n'avait pas trois mois. J'avais téléphoné à Maman. Elle était magnifique. Avec sa belle peau fine. À côté des vêtements tricotés par Simone, rêches. Le jour de la sortie de clinique, le 15 juillet, il faisait très chaud et c'était midi. J'avais enfilé les mêmes vêtements que le jour des eaux. Mon caleçon bleu marine qui bâillait, mon T-shirt blanc, celui de l'accouchement. Claude conduisait la voiture. J'étais derrière, il y avait dans le siège-auto cette petite fille. Toute petite, perdue dans le grand siège auto. Quand je suis sortie, Simone était dans la boulangerie, avec Albert, son mari. Elle m'a dit « tu as de quoi t'occuper maintenant ». Elle, son fils est mort.

Au samedi 4 février : « Rachel et André sont là. C'est bon et douloureux à la fois. Leur éloignement le reste du temps, leur fatigue fréquente, André que son genou fatigue nous les rendent encore plus chers. Mais ils vieillissent (le temps passe), nous aussi. Christine va avoir trente ans. Sa coupe de cheveux est ratée, quel dommage pour son chemisier, les photos. Du coup, on est tristes tous les deux aujourd'hui, du vague à l'âme, plein d'interrogations. Il faut à tout prix que son anniversaire soit une fête réussie et gaie, pas seulement un bon repas. Trouver des idées, jeux, tests, chansons, surprises, imprévu. Qu'elle n'oublie pas ce jour-là, qu'elle soit heureuse et gaie. Ce soir, aujourd'hui, doit être le contraire du 7. Ce doit être le dernier soir de tristesse. Demain commence le rire, la gaieté. »

*Mercredi 24 mars*

Aujourd'hui, si je devais écrire une seule phrase, ce serait : Léonore, je n'en peux plus.

*Jeudi 25 mars*

Comme j'ai mal dormi ! À me torturer pour l'écriture. Je me suis réveillée. Dans la nuit, je m'étais levée pour aller faire pipi, en passant devant la porte de Léonore je l'ai caressée, au milieu, je me suis dit « la ceinture, la taille », alors j'ai caressé aussi le bas, puis les seins. Puis je suis retournée me coucher. Je suis fatiguée !

Hier soir il y avait débat littéraire au CRDP. J'étais dans la salle, venue voir. Je me suis tue, j'écoutais, et tout d'un coup je me suis dit « tu penses à Léonore un peu ? » Alors j'y ai repensé. Que Léonore était là. Que quand ce serait fini, je rentrerais à la maison, qu'elle y serait. Je suis rentrée mais j'étais tellement énervée.

... J'ai mis la musique de *Talons aiguilles*, j'entends *Piensa en mi*. Hier avant de partir au CRDP, j'avais mis cette chanson, Léonore prenait son bain, j'étais allée lui dire au revoir, et je lui chantais les paroles : *Piensa en mi cuando sufras, piensa en mi cuando llores tanbien piensa en mi... quitarme la vida, no la quiero para nada...* Je repense aux images. La mère et la fille dans le film, quand la fille est en prison, et la mère à la télévision qui lui chante *Piensa en mi cuando sufras*. Mais c'est tellement beau ! *Para nada, sin ti*. Ça s'est arrêté. Je t'aime. Je t'aime.

*Vendredi 26 mars*

Ce matin, Léonore est restée debout un quart d'heure, dans son parc. Je faisais « bravo », j'ai appelé Claude. Il se reposait, hier il a travaillé jusqu'à quatre heures du matin. Léonore, debout.

Hier, Pierre m'a dit au téléphone « quand on lit tes livres, qu'on voit les thèmes, on comprend que tu as un héritage lourd à porter ».

Claude, 3 février : « Christine me dit que j'aime vraiment les gens, mais c'est vrai. Par jeu, défi, séduction ou simple curiosité, je quête leurs regards, les scrute, les dévisage. Je m'amuse bien. »

Je sais maintenant que cette sorte de journal va être publié. Gérard n'a lu que les cinquante-six premières pages, mais il pense que ça peut intéresser. Il dit « bien sûr on appellera ça roman ». Et moi, quand je pense à toute la douleur, je me dis « pour en vendre combien ? ».

*Samedi 27 mars*

Hier soir ça s'est mal passé. Claude ne m'aime plus puisqu'il ne me supporte plus. Du moins mes difficultés.

Léonore nous a entendus parler durement. De son bain — à l'autre bout de l'appartement — elle m'a entendue hurler. Quand je fais une crise de nerfs, je crie, mais ça faisait très longtemps. Dans le bain, Claude la surveillait, il s'est occupé d'elle après plus que d'habitude. Pas de moi. Moi je suis vieille. Je pensais et je murmurais « Léonore, Maman, Léonore, Maman, Léonore, Maman » et j'entendais Becky qui chantait dans le film *cuando sufras...* puis le thème principal. Ça s'est calmé. Claude est en face de moi, il écrit quelque chose mais quoi ? Léonore s'amuse dans son parc. J'en veux à mon père, ce dégueulasse.

Je devrais me dire : maintenant Léonore est là.

*Dimanche 28 mars*

Dans la matinée d'hier on s'est disputés, on s'est parlé durement encore. Et puis on n'a pas arrêté de s'embrasser. On est allés faire des courses avec Léonore. L'après-midi, au Peyrou, un jardin sec avec des massifs de fleurs, des parterres, des pièces d'eau. Avec des fontaines moussues. Des arbres autour. Mais tout le reste, les allées, très sec. J'aime bien cet endroit mais je ne l'adore pas. J'ai vécu dix ans à Reims, il y avait la cathédrale. Dix ans à Nice, la mer, la baie, Villefranche, cours Saleya. Ici, qu'est-ce que j'adore ? Rien. On est rentrés. On a collé dans l'album les dernières photos de Léonore.

Claude, « 31 janvier 89 : Je tiens vraiment très fort à elle. Le désir d'un bébé est fort chez tous les deux maintenant. La soirée a commencé doucement, et puis vers onze heures j'ai commencé à lui lire quelques pages de ce carnet... Ça nous a emmenés en rires et en émotion, jusqu'à minuit. On s'est couchés tout heureux. »

Hier il y avait au café des femmes de quarante ans avec leurs enfants. Les courses et après, un crème, voilà ce qu'elles font. Je ne suis pas restée. Cinq minutes. J'avais sur les genoux Léonore, on se sentait ailleurs, il faisait chaud. On n'était pas désirées. On s'est levées. Tant pis, on inventera autre chose sans vous. Si vous voyiez mon visage, vous diriez « elle est comme nous », mais non je ne suis pas comme vous. Je suis différente de vous. Au monde j'ai fait une personne que j'aime.

« 10 janvier : Hier, j'étais malade, Christine m'a encore pondu une des petites ritournelles dont elle a le secret : *Mon*

*Minou est un garçon étrange/Il me fait penser aux anges/ Quand il est très malade/ Il a très mal/ Mais il a sa petite Christinette/ Pour s'occuper de sa petite binette* (en s'approchant) ! »

Il y a Léonore, il y a Claude, le carnet, Maman et André, et aussi Gérard Bourgadier bien sûr. Dans le carnet : « 19 décembre, minuit : Ce soir, *Heaven can wait* à la cinémathèque, de Lubitsch. Et le moment le plus merveilleux de ma vie a suivi, que je n'oublierai jamais : un baiser, long, fou, passionné de Christine, sous les arcades de la place Garibaldi, le goût du premier jour, d'il y a sept ans, dans sa bouche, et ses joues en feu. Pas de mots. Mais l'émotion restera intacte dans ma tête et mon cœur jusqu'à la fin de mes jours. Je l'adore. Noël approche, notre voyage à Paris, les fêtes avec Rachel et André. Je suis heureux. »

Évidemment tout est vrai. Intime. J'ai décidé de publier mais ça reste vrai. Quand dans ces pages je confie un baiser comme place Garibaldi ou, radicalement différent, mes problèmes pour chier, surtout expulser, Auschwitz l'accouchement, mon vagin avec le nerf dans la couture et le sexe de Léonore, c'est comme dans l'amour quand on parle avec des mots vaches et les caresses de seins ou d'autres. Hors du lit, comme hors du livre. Fermé on n'en parle plus. Entre vous et moi c'est fait pour être lu. Le premier qui me dit « alors ce baiser place Garibaldi ? », je le tue.

*Lundi 29 mars*

Depuis quelques jours j'appelle Léonore ma Luminen. Mon équilibre s'installe avec elle, s'améliore. Je sens ma folie qui s'en va. Je l'aime, oh! ça, je continue de l'aimer. Mais sans m'en inquiéter. Hier je me suis installée sur la place au café, j'ai pris un Perrier, en face de moi dans la poussette Léonore était là. Il y avait un magnifique soleil, et qui tapait. Luminen était contente d'être là. Je lui ai donné l'agitateur de mon Perrier pour jouer. Ça lui a fait un immense plaisir. Puis je l'ai mise debout devant moi, les mains tenues aux miennes. Première fois que ses pieds touchaient le sol de la ville.

D'ailleurs au début ses pieds se dérobaient, elle les repliait. On était toutes les deux dans le soleil. Elle était petite et moi, jeune. Rien n'aurait pu nous arrêter. Assise, en moi-même je pensais : nous sommes belles.

Claude le mardi 22 septembre : « Stupide de penser cela à trente ans, mais je constate sur moi les "atteintes de l'âge"; excroissances de chair, poils drus et inopportuns, toute sorte de détails insignifiants, mais qui marquent le passage du temps, et me blessent plus que des cheveux blancs. »

*Mardi 30 mars*

Toutes les nuits, cette nuit aussi, je rêve que Léonore est dans mon lit. Il faut que je me lève pour la retirer et la mettre dans sa chambre. En pleine nuit, quel effort ! Je suis fatiguée. Il va falloir que je me réveille, que je la retire, la mette ailleurs. Quel effort ! je me dis, je suis fatiguée. Plusieurs fois par nuit, et je ne le fais pas, je la laisse. À chaque réveil, je vois que c'était un rêve. Encore ce même rêve.

Ce matin c'est Claude qui l'a habillée. J'avais choisi les vêtements, elle était splendide. Je lui ai dit « oh ! la jolie petite fille française. Bleu, blanc, rouge ! ». J'étais pressée, j'avais rendez-vous à Avignon, je prenais le train. Je suis dans le train, encore à quai. Il part.

Je me suis trompée, j'ai pris celui de Marseille au lieu de Dijon. J'arrête d'écrire, je suis énervée.

... J'ai changé à Lunel, je suis dans le bon train. Si j'étais tout le temps active, Léonore j'y penserais moins. Onze heures et demie, elle doit dormir, Claude, dans une autre pièce. Tout en bleu marine, la petite Française, avec son petit chien. Je lui souhaite une bonne journée.

Hier j'ai bu de l'alcool. C'était bien. Je n'en bois jamais, jamais une goutte dans mon corps. Hier, on a regardé *Les Demoiselles de Rochefort*. Léonore pleurait, alors Claude l'a prise sur le canapé avec lui. Il y avait ce film, et sur le canapé Claude et Léonore à côté. Léonore m'a souri plusieurs fois. Ma vie pourrait être ce beau petit être dans ma maison. Le soir, j'ai bu un verre de vodka-orange, Léonore dormait. Je ne sentais plus mes jambes.

Le bas du visage, bouche, sourire, c'est moi, le haut un mélange Maman et Claude, le beau regard perdu, clair. Mais comme genre de bébé, corps, attaches, gabarit, moi. Hier après-midi au Lunaret, quelle tristesse ! Le parc, les essences, les sentiers, au détour, des animaux sauvages, un lynx avec un regard insoutenable. Des gens à côté disaient « avec ça dans le jardin, c'est le facteur qui est embêté ». Léonore s'ennuyait, des sentiers coupés dans la garrigue, la garrigue, des buissons, voilà. On n'ira plus faire de promenades comme celle-là, mais le long de la mer ou des parcs de châteaux.

Je m'accroche à hier. Léonore s'éloigne quand même. À côté de moi, une vieille femme vient de finir un paquet de chips, et elle mange un croissant maintenant. Elle est sur la banquette à côté. Elle est grosse. Sa carte Vermeil a expiré hier. Tout est sale auprès d'elle, valise, pull, chips, le croissant dans les mains. Le bruit de la bouche, l'atmosphère du train.

Léonore s'éloigne. Dans le train, si je devais dire vingt-deux mots sur elle :

1. Belle
2. Yeux bleus
3. Joues rebondies, douces et fermes
4. Lèvres toujours un peu mouillées
5. Mon Enfant
6. Ma fille
7. Le petit chien
8. Moins d'odeur qu'avant, au début
9. L'envol
10. Ses petits cheveux bruns, dans la nuque les points rouges
11. Le dos lisse, étroit
12. Mes baisers sur ses pieds
13. Ses grandes lèvres
14. Cet Amour
15. Dieu
16. À la clinique le pyjama vert clair
17. Les premiers jours, la marque rouge des forceps

18. La curieuse
19. Une femme
20. Sous elle
21. L'éternelle
22. Ta maman t'aime ma chérie.

Avant, écrire en public m'exaltait. Là, je n'y pense même pas.

*Mercredi 31 mars*

« 2 avril 87 : Quand j'étais adolescent, Jean-Marie m'avait fait remarquer la vanité des gens dans leurs lettres : je je je... lui-même essayait de n'en placer aucun. Moi, de l'imiter. Mais qu'y a-t-il de plus doux que je ? Pourtant ce que je suis m'échappe, glisse entre mes doigts comme du savon mouillé. » Pour Claude depuis dix jours, l'innocence a disparu. Depuis que j'ai crié ARRÊTE. Petite, il y avait aussi de durs moments, le soir quand elle criait des heures. Nerveusement bien pires. Mais jamais on n'a crié, jamais. Pour lui, l'innocence a disparu le samedi 20 dans l'après-midi quand je me suis énervée... Je viens d'aller coucher Léonore. Puis je suis passée derrière Claude qui travaillait, en lui disant « Claudinou, tu crois qu'on va y arriver ? » Il me dit « oui ». Je veux dire à s'aimer comme avant, à connaître l'un par l'autre des bonheurs. Je retourne dans le carnet, dernière page : « Pour Noël 92, à Nice, Christine m'offre Andersen, je lui offre l'oiseau suédois, les disques de Demy, l'album photo vert. » Puis, en plein milieu, jeudi 24 juin « j'ai souvent avec ceux que j'aime un comportement contradictoire. Je ne peux m'empêcher d'en parler autour de moi, de les vanter, de les mettre en valeur, mais en même temps, dès qu'il y a un problème, je m'en dissocie et les rejette presque. Ainsi hier avec Peter, en parlant de Christine, j'aurais pu continuer longtemps à parler d'elle, raconter ses péripéties pendant des heures. Mais j'ai également pris soin d'évoquer sa nervosité, pour bien indiquer que notre froideur vis-à-vis de lui (repas annulé, etc.), je n'en étais pas vraiment la source ». Léonore dort, j'ai mis la couette sur elle. Elle saura bientôt qu'elle a un joli petit visage blanc. Elle le sait. Alors qu'hier place de l'Horloge à Avignon, c'était terrible. Je ne pouvais même plus parler à Françoise. À la table à côté de nous, un papa blond, grand, s'est installé avec un landau, ça me plaisait, je me disais « il y a un bébé ». Et puis je suis allée aux toilettes, je suis revenue et le bébé était dans les bras de son père, toute sa joue gauche du front au menton couverte d'une tache rouge, énorme, immonde. Plus tard, la mère penchée sur le landau. Il devait être une heure, deux heures. Pour oublier j'ai pensé qu'une opération était peut-être prévue. Peut-être dans un délai très court. Voir sortir ça. Françoise était là, en face de moi, elle avait fait la route de Lyon, je devais lui parler, je lui ai dit que dans ma tête j'étais très vieille, dans les quatre-vingts ans. Plus tard, j'ai pris le train dans l'autre sens. Je suis rentrée. Léonore était si contente de me voir. Comme elle se mettait près ! Au dîner j'ai demandé à Claude « tu trouves qu'elle est bien lotie ? ». On a fait la liste et on a répondu oui. Je lui ai raconté le bébé avec la tache rouge, on a pensé à ses souffrances futures. Et puis on n'y a plus pensé. On a regardé *L'Éclipse* d'Antonioni, et Claude a dit « comme elle devait le trouver attirant au début », l'amant que quitte Monica Vitti.

Léonore n'aime plus son parc. Et les dalles sont trop dures. Il faut qu'on aille acheter de la moquette chez Saint-Maclou. On ne trouve pas le temps. Beaucoup de choses ont changé. Les repas sont moins faciles qu'avant. Elle aime toujours ça, mais elle tourne la tête tout le temps.

J'ai envie de revenir au carnet, encore. « La vraie richesse n'est ni matérielle ni morale. On ne la trouve que dans les bras de la femme qu'on aime. Là, rien ne compte, on est l'homme le plus fortuné de la terre. » Alors que notre ami Patrick, homosexuel, à la veille de sa mort, était encore un pauvre type. (Claude va encore me dire « tu te rends compte de ce que tu écris ? ». Toujours tes jugements rapides.) À l'hôpital, malade, Patrick regardait la guerre du Golfe, du moins les prémices. En août c'était seulement diplomatique. En janvier — il est mort le 12 —, il n'a pas eu le temps de voir la grande boucherie. En janvier, les princes en djellabas, une des dernières choses qui l'aient vraiment fait rire. Il disait « la gueule des princes, sur la tête, des mouchoirs ». Claude et moi, on n'entrait pas dans la polémique. Un jour aussi, il avait failli avoir comme voisin de lit un Noir, il disait « un gologolo », la peau très noire. J'entends Claude qui descend chercher le courrier. À part cette poussière, la maison est magnifique. L'inceste avec mon père s'éteint. Dans ma tête je suis une vieille femme maintenant, mais belle, Maria Casarès... je vais voir le courrier, sûrement rien.

... rien. J'ai posé mes pages sur le bureau de Claude, pour qu'il lise. Et je me suis fait engueuler. Il était en plein travail, très énervé. J'étais la dernière personne qu'il avait envie de voir. Pas maintenant. Alors je suis revenue à la machine... Il entre, il me demande où sont les pages. Si je devais aujourd'hui dire une seule phrase sur Léonore, je dirais « je t'aime » ou « tu es mon enfant ». Tu es mon enfant, je t'aime ma chérie.

Claude vient de lire les pages de cette journée. Je suis exaspérée. Il n'aime pas ce que j'écris. Pour lui ce n'est pas de l'écriture. Depuis que j'ai arrêté les romans, pour lui il n'y a plus d'écriture. C'est exactement le contraire. Ça commence maintenant. Depuis Léonore ça a commencé, sur un être vivant. Il me dit « il n'y a pas de composition », et « pour d'autres que moi pas d'intérêt, moi bien sûr ça me fait plaisir, Léonore je la connais ». Et puis, par je ne sais quelle pudeur ou connerie, il ne dit rien des passages recopiés dans son carnet. Il me dit « qu'est-ce que tu veux que je t'en dise, c'était déjà écrit ? ». Quelle prétention !

Je fais ce que je peux. Léonore dort, je ne peux pas rester penchée deux heures sur le lit à l'observer. À l'intérieur du sommeil je n'ai pas accès. Claude me dit « ça me fait un peu comme le journal de Matzneff », il ne comprend pas, rien. Matzneff, c'est son sexe. Moi, c'est elle, et tout n'est pas vrai. Et puis moi c'est mieux. Elle dort. Ce matin, je lui ai mis son petit body blanc et son ensemble gris clair, avec ses petites chaussures blanches. La beauté, vous le savez. Il me dit « il n'y a pas de composition », heureusement pauvre con. Je ne lui ferai plus jamais lire.

Il y a avant elle et depuis elle. Depuis elle, la composition est devenue ridicule. Avant, mon idée de l'amour s'arrêtait, comme au cinéma, à une scène de coup de foudre, dans *L'Éclipse*, le désir. Je me disais que moi aussi j'aurais pu rencontrer un homme dont j'aurais senti tout de suite qu'il était le vrai. Sans les efforts pénibles que Claude et moi avons faits. La personne idéale, j'aurais pu moi aussi, je me disais, la rencontrer, un homme. Mais l'harmonie parfaite, d'emblée, c'est seulement avec Léonore que je l'ai trouvée. Je n'ai pas eu besoin de l'aborder, ni d'aller lui adresser la parole en rougissant. Je n'ai pas rougi et je n'ai pas pris sur moi pour lui demander d'être ma fille chérie. Dès le début tout a été clair, sans problème et harmonieux.

... Il est tard maintenant. Vers sept heures quand Claude est rentré, il a fallu se dépêcher. Maman et André arrivaient à la gare une demi-heure plus tard. Les gestes sont allés vite. Claude était dans la salle de bains. Moi je me suis dépêchée de m'habiller, j'ai posé Léonore sur le canapé, deux secondes, le temps d'aller chercher sa cagoule dans l'entrée. Le temps de me retourner, elle était tombée, elle criait, elle souffrait. D'une hauteur de cinquante centimètres, elle est tombée de tout son corps sur les dalles. Ses vêtements étaient pleins de poussière, et elle souffrait. Je me suis précipitée, et je l'ai prise contre moi. Je voulais descendre dans la rue, je ne savais plus quoi faire. J'étais folle. Je me suis dit « ma vie commençait, elle est finie ». Claude m'a dit « arrête, on va appeler le docteur Geneste », un pédiatre dont on avait le téléphone de nuit. Il était huit heures. Geneste lui a dit « elle pleure ? ». Claude a répondu « oui, beaucoup, ma femme la tient dans ses bras et elle hurle ». Il était inquiet. Il nous a dit de la surveiller toute la nuit, de la réveiller. L'hémorragie interne. Je ne me suis pas couchée. Je viens d'aller voir, j'ai essayé de la réveiller. Rien. Mais j'y retourne...

... Léonore est restée quelques secondes immobile et silencieuse. Puis, brusquement, de ce petit air décidé qu'elle avait pour taper sur sa tablette, elle a rejeté sa tête doucement en arrière, éloignée de ma main. Sa tête et tout son corps se sont détendus sur son lit. Son corps, sa main étaient brûlants. Déjà je ne voyais plus ses yeux bleus, elle avait fermé ses paupières déjà. Elle gémissait. J'avais mis le *Glockenspiel* qui la berçait. Claude aussi bien sûr était dans la chambre. Il me tenait. On tendait l'oreille à son souffle. Elle est d'abord restée immobile. Puis elle a soupiré, elle a bougé légèrement. Claude m'a dit « elle meurt ». Mais je suis restée tranquille et je l'ai réchauffée. De ses paupières fermées des larmes se sont mises à couler, des larmes vaguement rouges. On a pensé comme le sang dans sa tête qui s'échappe. Sa mâchoire inférieure s'est mise à trembler convulsivement. Elle a cessé de geindre. Claude m'a dit « elle a peur, elle doit être affaiblie ». Oui, parce que le sang la quittait. Cependant, non seulement cette faiblesse, cette perte ne nous était pas désagréable, mais elle nous faisait éprouver une joie bizarre que nous n'avions encore jamais connue. Nous nous sommes laissés aller à un attendrissement très particulier, très solennel. Elle est restée comme ça en silence assez longtemps, j'essuyais ses yeux, et je remontais tout le temps la couette. Je la touchais, la tiédeur de son corps me pénétrait. Mais ses pieds commençaient à se refroidir. Elle avait froid aussi à ses mains qui sortaient. Je ne pensais qu'à la réchauffer mais je ne pouvais plus. Claude regardait le téléphone, mais je lui ai dit « laisse ». À partir de là, nous n'avons plus éprouvé aucune peur. Il n'y avait rien à craindre, elle n'y échapperait pas, il y avait Dieu. Même si nous n'avions pas eu le temps — avec le déménagement — de la faire baptiser. J'essayais encore de la réchauffer. Une heure, puis deux, puis trois se sont écoulées comme ça, pendant la nuit. Nous ne remarquions même plus la marche du temps. Quelle importance pour nous ? Je revoyais la naissance, les cris perçants, les yeux bleus, l'appétit, et les petits vêtements. Cet après-midi aux Galeries, ensemble on avait justement regardé pour l'été. Tout s'est confondu dans ma tête. Les images se sont mélangées. Je me suis dit « arrête, tu ferais mieux d'aller le noter, de te reprendre, de continuer ». Elle s'est endormie, elle a dormi longtemps, on entendait son souffle, on le surveillait. Et puis ça s'est arrêté. Sans qu'on n'ait cessé de lui répéter, lui « ton papa est là », moi « ta maman t'aime, ma chérie ». Avant d'arrêter de respirer, une dernière fois elle a essayé de remuer sa main, impossible. Ça a dû l'étonner. J'avais mes deux mains sur elle, sur son ventre, qui chauffaient, qui essayaient. Maintenant, elle est dans sa chambre, sur son lit, on attend l'arrivée du prêtre et du médecin. Elle ne voit plus, elle n'entend plus, elle ne sent plus rien du monde. Mais jusqu'à ma mort dans ma vie il y aura Léonore, toujours.

# La voix forte de Christine Angot

## Sujet Angot

“Je ne peux plus te lire. Je n’en peux plus du sujet Angot. C’est devenu une souffrance.” L’écrivain a décidé de quitter son compagnon. Quand celui-ci veut crier sa douleur, l’auteur lui prête complaisamment sa plume. Être totémique, elle se laisse adorer dans une écriture où le corps et la littérature ne font plus qu’un. Cependant, le lecteur avisé n’oubliera pas la supercherie : c’est bien le “sujet Angot” qui écrit ce fragment de discours amoureux. Un jeu de dupes qui cache une magnifique déclaration d’amour de l’auteur à l’être cher…

Partagez nos découvertes !

# La voix forte de Christine Angot

## Les autres

"Je n'avais plus d'idée. J'ai demandé aux autres de me parler." À travers l'aveu de douloureuses frustrations, parvient la voix de ceux qui échouent à trouver la jouissance. Adeptes du téléphone rose en mal de chocs émotionnels qui finissent par se dessécher dans la spirale du simulacre érotique. Femmes que la tradition a condamnées à ne jamais s'abandonner et qui aujourd'hui crient la "haine" de leur famille. Jouant le rôle de révélateur, Christine Angot les invite à se confier et réécrit pour eux le discours de l'amertume sexuelle.

# La voix forte de Christine Angot

## Interview

“Vous aviez quel âge ? Ça a duré combien de temps ?” Dans une interview, jamais publiée, Christine Angot doit s’expliquer sur les relations incestueuses qu’elle eut avec son père. Posées par une journaliste qui a “interviewé beaucoup de femmes” et qui sait tout de l’“écriture féminine”, les questions brutales se succèdent. De l’écrivain et de ses livres, nous ne sauront rien. Seule l’enfance violée intéresse l’insupportable impudence des médias. Pendant ce temps, l’auteur revit en pensée les menus faits d’un heureux voyage en Sicile…

Partagez nos découvertes !

*Achevé d'imprimer sur les presses de*

BUSSIÈRE

GROUPE CPI

*à Saint-Amand-Montrond (Cher)*
*en juillet 2001*

POCKET - 12, avenue d'Italie - 75627 Paris Cedex 13
Tél. : 01-44-16-05-00

— N° d'imp. 14072. —
Dépôt légal : août 2001.

*Imprimé en France*

Découvrez

# L'AGAR-AGAR

Lionel & Chantal CLERGEAUD

# Découvrez L'AGAR-AGAR

La Santé dans l'assiette

CHEMINEMENTS

## DES MÊMES AUTEURS :

**• AUX ÉDITIONS CHEMINEMENTS**

- Huiles de beauté et de santé
- Comment nourrir naturellement son enfant de 0 à 10 ans
- Découvrez les fruits secs
- Découvrez la cuisine Plein Soleil
- Découvrez les laits végétaux
- Découvrez les terrines et pâtés végétaux
- Découvrez les céréales

**• CHEZ D'AUTRES ÉDITEURS**

- L'Auto-ostéopathie
- Les compléments alimentaires
- Les protéines végétales
- Les entrées gourmandes


Pour tous renseignements ou envois de manuscrits :
Cheminements - 3, place Ossola - 06130 Grasse
Tél. 04 93 36 55 37 - Fax 04 93 36 57 60
Internet : http://www.livre-de-france.com/
edcheminements@minitel.net
 - ISBN : 2-909 757-99-4

*À Gwendoline*
*Lydwine*
*et Gwenved,*
*À Nolwen*

Collection
« LA SANTÉ DANS L'ASSIETTE »
dirigée par Chantal Clergeaud.

# Préface

L'Agar-agar se révèle être une véritable bénédiction dans l'usage culinaire aussi bien dans les préparations salées que sucrées.

Obtenu à partir de plusieurs algues, en filaments ou en poudre, cet aliment au fort pouvoir gélifiant, n'est pas seulement pratique en cuisine ; c'est un produit très sain, digeste et léger.

À l'époque où la gélatine animale suscite bien des controverses ( et nous verrons au cours de cet ouvrage ce qu'il en est réellement) à la suite de nombreux problèmes dûs à la course aux profits (vache folle par exemple), l'Agar-agar, peu connu en Europe jusqu'alors, devrait la supplanter rapidement pour le plus grand bénéfice de notre santé.

Inodore et incolore, d'usage multiple et d'emploi facile, le Kanten (autre nom de l'Agar-agar) vous deviendra vite indispensable dans la confection de terrines de légumes, charlottes, aspics salés et sucrés, gelées de fruits, cheese cakes, glaces, confitures, tartes, flans de légumes, mousses, pâtés végétaux etc... tous aussi délicieux et sains les uns que les autres.

Une seule condition cependant : savoir l'utiliser et en connaitre parfaitement ses différentes indications. C'est ce que nous vous proposons dans cet ouvrage.

Quelques mots encore : son emploi intéressera tout particulièrement les végétaliens et toute personne voulant éliminer de son alimentation quotidienne (pour des raisons de santé, de diététique ou simplement par goût) les produits laitiers ou (et) les œufs. La presque totalité des recettes ici proposées utilisent l'Agar-agar en remplacement de ces produits.

‡

# *Gélatine végétale ou gélatine animale ?*

Connu au Japon depuis 1650, l'Agar-agar encore appelé "Mousse du Japon", "Mousse de Ceylan" ou "Kanten" est un mucilage extrait d'algues rouges de l'espèce Gelidium cartilagineum sur la côte Pacifique des Etats-Unis ou Gracilaria confervoïde sur la côte Atlantique et en d'autres pays comme Ceylan, Java ou Japon. L'algue du type Gélidium reste toutefois la plus utilisée.

Après de multiples lavages et un séchage , ces algues sont portées à ébullition pour donner une substance mucilagineuse qui, une fois refroidie et déshydratée, se transforme en fines lanières recroquevillées analogues à des tuyaux de plume. L'Agar-agar est alors commercialisé tel quel ou réduit en poudre.

Outre son utilisation comme épaississant dans de multiples préparations culinaires industrielles (soupes en sachets, glaces, confitures, crèmes, sauces), l'Agar-agar entre dans la fabrication de produits finis aussi divers que le linoleum, les soies et cuirs synthétiques, divers colles et isolants, l'imperméabilisation de vêtements et l'encollage des tissus. Les laboratoires l'utilisent comme support de culture de certains champignons et bactéries.

L'avantage de l'Agar-agar pour les adeptes d'une alimentation saine reste son utilisation en cuisine, en lieu et place des gélatines animales obtenues à partir de carcasses. Ceci ne veut pas dire que cette gélatine soit impropre à la consommation ou porteuse des trop redoutés "Prions" que l'on connait par la vache folle! Mais la prudence s'impose !

La gélatine obtenue à partir des os, de la peau et des ligaments des bêtes d'équarissage et consommée tant sur le plan alimentaire que médicinal (gélatine des gélules) est importée, en grande partie, du continent sud-américain (Vénézuela, Colombie ...) où les bêtes ne sont pas contaminées car vivant encore naturellement. En Europe, les producteurs s'interdisent, en principe, l'utilisation de matières premières provenant de troupeaux contaminés et, par précaution, les crânes et colonnes vertébrales, zones de stockage de l'agent de l'ESB (encéphalopathie spongiforme bovine). Mais à quoi peuvent donc servir ces crânes et colonnes vertébrales puisque rien ne se perd ...?

Les os, la peau et les ligaments subissent une suite d'opérations chimiques avant d'être transformés en gélatine "comestible".

* Les os sont pour ce faire soumis à quatre opérations:

- Dégraissage à l'eau bouillante et concassage,
- séchage à plus de 100° pendant une demiheure,
- décalcification pendant plusieurs jours. Les os concassés sont soumis à l'action d'une solution d'acide chlorhydrique.
- neutralisation de façon à stopper l'action acide puis lavage pour éliminer ces poisons.

* Les os ainsi débarrassés de leur masse minérale vont, avec la peau et les ligaments, être transformés par :

- Un traitement à la soude caustique afin d'éliminer élastine et ostéomucoïde,
- une neutralisation des produits alcalins puis élimination de ceux-ci.

Du produit final, solution de gélatine, est extrait, filtré et concentré à haute température (flash à 140° pendant quelques secondes) la gélatine proprement dite, qui sera commercialisée en poudre, paillettes ou plaques.

A priori, après de telles opérations, la gélatine animale ne doit plus présenter de danger pour la santé, notamment comme porteur de l'agent de l'ESB. Toutefois, compte tenu des multiples traitements agressifs et produits toxiques utilisés pour son extraction, le produit fini renferme, à n'en pas douter, des traces des poisons utilisés, toujours dangereux pour notre santé. Quant à sa valeur alimentaire et nutritive, elle ne présente guère d'intérêt. La gélatine animale se compose à 85% de protéines et se trouve carencée en vitamines et minéraux.

En cuisine, nous préférerons toujours à la gélatine alimentaire animale ayant subi de nombreux traitements, l'Agar-agar, produit totalement naturel.

‡

# Intérêt nutritif de l'Agar-agar

La richesse principale de l'Agar-agar tient surtout à son apport minéral. Calcium, phosphore, fer nous sont fournis en quantité importante (voir tableau). Pour établir une comparaison, le "kanten" apporte 400 mg de calcium aux 100 g alors que le lait n'en renferme que 100 mg/100g.

Par ailleurs, ce mucilage renferme quelques protéines et des sucres tout en ayant un indice glycémique très faible. Aussi peut-il être consommé par tous sans risque de surcharge et notamment par toutes celles qui désirent perdre quelques kilos. En effet, son faible apport calorique et son fort pouvoir de réplétion en font un adjuvant de choix dans tous les régimes amincissants.

Et puis, en tant que mucilage, nous ne pouvons que vanter l'action excitatrice de l'Agar-agar sur le péristaltisme intestinal. Une meilleure élimination, nous le savons tous, est gage de bonne santé.

Enfin, n'oublions pas l'action purifiante et désintoxicante de cette algue. Elle a la propriété de phagocyter, c'est à dire capturer les métaux lourds (cadmium, plomb, mercure) ainsi que de nombreux poisons chimiques utilisés en agriculture (D.D.T., PCB ...), élevage et industries de transformation, puis de les drainer vers les circuits d'élimination de notre corps. Ces poisons ne sont pas seulement présents dans notre alimentation mais aussi dans l'eau que nous buvons, l'air que nous respirons etc...

Ils sont aussi reconnus comme principaux responsables de la production de radicaux libres, agents favorisant l'apparition de cancers, atteintes cérébrales, dysfonctionnement hépatique et rénal et autres affections graves.

## COMPOSITION MOYENNE DE L'AGAR-AGAR (pour 100 g)

| Calories | Très peu |
|---|---|
| Fibres en g | 2,5 |
| Protides en g | 2,5 |
| Glucides en g | 75 |
| Lipides en g | 0,1 |
| Calcium en mg | 400 |
| Fer en mg | 5 |
| Phosphore en mg | 8,5 |
| Sodium en mg | 800 |

‡

# En cuisine !

L'Agar-agar possède un fort pouvoir gélifiant, près de huit fois celui de la gélatine animale. Sans saveur après gélification, inodore et incolore, il permet la confection de plats aussi bien salés que sucrés et, en fonction de la quantité ajoutée, une gélification plus ou moins ferme. À vous donc de jouer avec les multiples textures pouvant être obtenues lors de vos préparations.

L'Agar-agar se présente en barre de 3,5 g ou en sachet de 2 g, 10 g, 100 g ou kg selon les quantités à préparer.

Les barres, formées de filaments enchevêtrés sont passées sous l'eau froide et pressées avant d'être mises dans le liquide bouillant de la préparation en cours. L'ébullition se poursuit pendant quelques minutes, jusqu'à complète dissolution du " kanten", puis la préparation est versée dans un plat ou dans un moule. Démoulez après complet refroidissement.

En ce qui concerne la poudre, elle est délayée à froid, puis une fois à ébullition, ôtée du feu et versée dans le moule choisi.

L'Agar-agar en poudre convient fort bien pour les confitures, gelées et marmelades ainsi que pour épaissir purées et compotes trop liquides.

Au fur et à mesure de vos découvertes culinaires avec l'Agar-agar, vous serez en mesure de "ressentir" les quantités à utiliser pour obtenir la bonne gélification du plat que vous cuisinez.

## Sous quelle forme utiliser l'Agar-agar ?

Vous trouverez l'agar-agar en magasins de produits naturels et de diététique sous 3 formes principalement :

- en barre : 1 barre = 3,5 g

Faites tremper quelques minutes la barre dans l'eau, puis mélangez et portez à ébullition, laissez cuire 10 minutes.

Vous compterez une barre pour 1/2 l. à 3/4 l. de liquide.

- en paillettes : sachets de 2 g. Une fois dissoutes dans l'eau froide, portez à ébullition et laissez cuire 5-6 minutes. 1 sachet de 2 g pour 1/2 l. de liquide.

- en poudre : présenté en sachets de 2 g et vendu par 6 ou 8 sachets. Les sachets de 10 g sont commercialisés par 4. Vous pourrez également trouver l'Agar-agar en sacs de 100 g ou kg.

1 c. à c. rase pour 1/2 l. environ de liquide; c'est à mon avis la présentation la plus facile d'emploi et c'est ainsi que je l'utiliserai tout au long de cet ouvrage.
Si vous ne la trouvez pas sous cette forme ou que vous préfériez la barre ou les paillettes, reportez-vous aux conditions d'emploi spécifiques à celles-ci.

***En résumé***

Mode d'emploi de l'agar-agar :
Versez dans un liquide froid, portez à ébullition en remuant continuellement. Puis ôtez du feu rapidement pour la poudre ; par contre pour les paillettes ou en barre laissez sur le feu encore 5 à 10 minutes en remuant sans cesse.

# Abréviations

Dans le corpus des recettes suivantes, lire :

Cuillerée à soupe pour c. à s.
Cuillerée à café pour c. à c.
Litre pour l
Gramme pour g
Kilogramme pour kg

**CONVENTIONS**

1 c. à c. (rase) = 2 g d'agar-agar
1 c. à c. (remplie) = 3 g d'agar-agar
1 c. à s. (rase) = 2 c. à c. 1/2 = 5 g
1 c. à s. (remplie) = 7 g

**PROPORTIONS**

Les recettes suivantes sont prévues pour 5 à 6 personnes. Parfois plus ! Mais presque toutes ces préparations ont l'avantage de se conserver au moins 2 à 3 jours au réfrigérateur. Aussi ne vous inquiétez pas si les quantités que vous préparez sont plus importantes.

**SIGLE**

Ce sigle signifie recette végétalienne.

**NOTES**

Il est bien entendu que dans les préparations proposées, les ingrédients sont toujours de la meilleure qualité possible, c'est-à-dire :

- les céréales, les fruits secs et le soja à partir desquels sont obtenus les laits végétaux sont de culture biologique (non transgéniques) et complètes pour les céréales
- les fruits et légumes sont frais, à bonne maturité et de culture biologique, biodynamique ou sauvage
- le sucre et le sel sont non raffinés
- les huiles sont de première pression à froid, provenant de graines biologiques
- les œufs sont issus d'animaux nourris sainement selon les principes de la biologie

N'hésitez pas à remplacer les légumes, les fruits, les laits indiqués dans certaines recettes par d'autres selon vos goûts, la saison, le prix....
De même que les épices, aromates, fines herbes et graines.
À partir de nos modèles, imaginez et créez vos propres chefs d'œuvre.

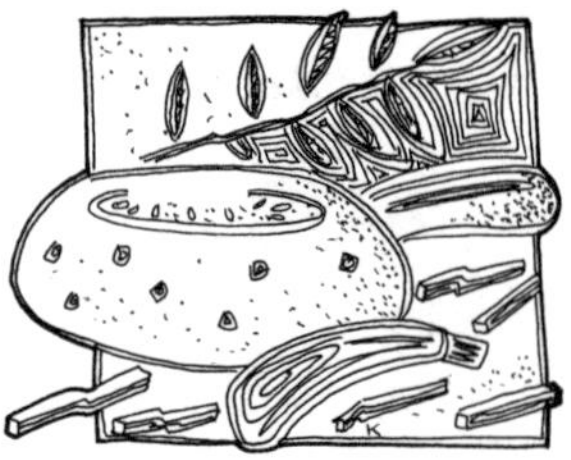

‡

# Des divers usages de l'Agar-agar dans la cuisine salée

D'usage moins diversifié peut-être que dans les douceurs, l'agar-agar trouve néanmoins de nombreuses occasions de se rendre utile dans la cuisine salée.

La première indication évidemment, ce sont les aspics, mais aussi les flans, les terrines et les mousses de légumes où il fait merveille et nous permet de décliner à l'infini les saveurs des légumes, des herbes et des épices.

À noter cependant que l'emploi de l'agar-agar concerne uniquement les préparations à consommer froides... puisqu'il faut attendre qu'il soit pris pour avoir un résultat.

Nous l'utiliserons donc dans :

- **les aspics** : très rafraîchissants et idéaux pour les entrées estivales, ils se préparent à partir de légumes, de fines herbes et autres ingrédients que l'on recouvre d'un liquide (jus de légumes, bouillon...) à l'agar-agar.

**POUR FAIRE UN BON ASPIC**

- préparez-le la veille ou du moins 5 heures avant minimum.
- confectionnez-le dans un ou plusieurs jolis moules : moules à charlottes, en couronne, petits ramequins, moules à cake... puis démoulez au dernier moment. La présentation est très importante.
- pour le plaisir des yeux, l'aspic doit être beau et appétissant.
- versez dans le moule les divers ingrédients (légumes crus ou cuits, tofu, tofumé...), fines herbes hachées, petits dés d'olives noires ou vertes, de poivrons, de cornichons, des câpres, des graines de sésame ou de tournesol, puis recouvrez le tout du liquide bouillant additionné d'agar-agar porté à ébullition, laissez refroidir d'abord dans la pièce, enfin au réfrigérateur 2 à 3 heures minimum.
- Servez bien frais sur une assiette joliment présentée de salade verte, de tomates cerise et autres crudités.

- **les flans** : ils se différencient de l'aspic par le liquide de cuisson ; l'aspic est pris dans une gelée constituée principalement de bouillon, le flan lui est pris dans un liquide plus riche et consistant : lait, crème de soja, purée de légumes.

La préparation des légumes est également plus sophistiquée.

- **les mousses :** sont en fait des flans que l'on mixe au moment de servir pour obtenir une consistance onctueuse.
On peut aussi s'en servir pour faire des tomates farcies froides bien sûr, ou des courgettes ou des concombres.

- **les terrines et pâtés végétaux :** préparation combinant les légumes, un aliment protéiné (tofu, tofumé, seitan, pain complet, graines de tournesol..), divers ingrédients pour obtenir des terrines que l'on sert découpées en tranches si elles sont bien fermes ou pour tartiner de consistance plus légère.

- **les tartes :** pour " faire tenir " le dessus de la tarte et éviter les œufs à condition bien sûr de manger la tarte froide.
Permet d'obtenir des tartes très légères.

**Un conseil :** passez toujours les moules dans l'eau froide avant de verser votre préparation ; le démoulage en sera facilité.
Vous pouvez aussi pour les préparations salées, huilez très légèrement le (ou les) moules.
Passez ensuite la lame d'un couteau tout autour de votre préparation afin de la démouler.

# *Recettes gourmandes*

‡

## RECETTES SALEES

### RECETTE TYPE D'UN ASPIC DE LÉGUMES

- **1 c. à s. rase d'agar-agar**
- **50 cl de bouillon de légumes ou jus de légumes**
- **400 g de légumes cuits ou crus en dés ou réduits en purée**
- **fines herbes, ail haché, graines de sésame ou de tournesol, dés d'olives noires ou vertes**
- **sel, épices au choix**

• Délayez l'agar-agar dans le bouillon ou le jus de légumes froid, puis portez à ébullition en remuant sans cesse.

• Ajoutez les légumes et les herbes, assaisonnez, redonnez un bouillon et versez dans un moule à cake ou dans plusieurs petits ramequins individuels.

• Laissez "prendre" à température ambiante, puis placez dans le réfrigérateur 3 heures minimum.

• Démoulez dans chaque assiette pour des moules individuels ou découpez en tranches et présentez avec goût.

## RECETTE TYPE D'UN FLAN DE LÉGUMES

- **1 c. à s. d'agar-agar**
- **50 cl de lait au choix (amandes, noisettes, soja, avoine...)**
- **400 g de légumes coupés en dés**
- **fines herbes, graines, dés de tofu**
- **sel, épices au choix**
- **fromage blanc, tofu mixé, dés de Comté... (facultatif)**

• Mettez à cuire les légumes à l'étouffée ou à la vapeur.
• Utilisez-les tels quels ou réduisez-les en purée.
• Délayez l'agar-agar dans le lait choisi, portez à ébullition en remuant sans cesse.
• Puis incorporez le reste des ingrédients, portez à ébullition et versez dans un grand moule ou plusieurs petits.
• Laissez refroidir comme précédemment, puis démoulez et nappez d'un coulis de légumes ou d'une crème de soja agrémentée de fines herbes.

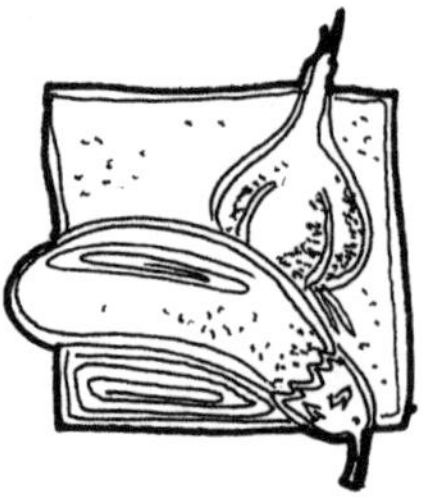

## RECETTE TYPE D'UNE MOUSSE DE LÉGUMES

• Même préparation que le flan de légumes ci-dessus.
• Une fois le flan bien refroidi, passez-le au mixeur pendant 1 à 2 minutes.
• Vous obtenez alors une crème de consistance onctueuse.

**Un conseil**
Selon la consistance désirée, augmentez ou diminuez la quantité d'agar-agar. Avec l'expérience et vos préférences pour des préparations plus ou moins fermes, vous trouverez de vous-même le bon dosage.

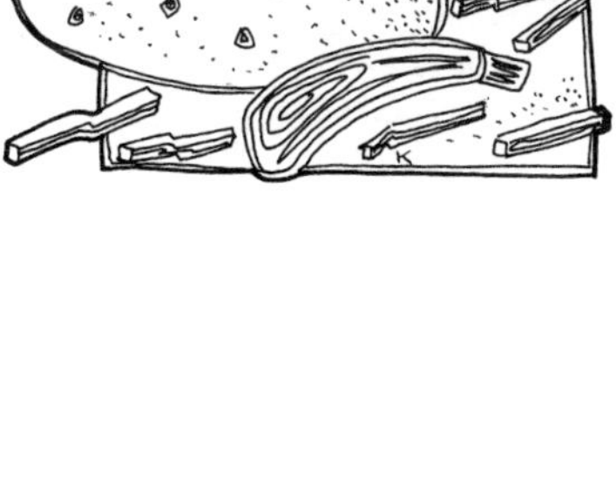

# ASPIC DE TOMATE AUX POIVRONS

- **1 c. à s. d'agar-agar**
- **1 kg de tomates pelées**
- **2 poivrons verts ou jaunes en lanières**
- **1 oignon émincé**
- **2 c. à s. de basilic haché**
- **2 c. à s. d'huile d'olive**
- **sel non raffiné**

• Faites cuire les poivrons 5 minutes à la vapeur.
• Faites cuire à l'étouffée dans l'huile d'olive l'oignon et les tomates coupées en morceaux (20 minutes environ).
• Incorporez aux tomates l'agar-agar délayé dans 15 cl d'eau froide, portez à ébullition, salez, ajoutez le basilic.
• Ôtez du feu et versez cette préparation dans un moule à cake tapissé de la moitié des poivrons.
• Laissez "prendre" une trentaine de minutes, puis disposez par-dessus le restant des poivrons.
• Décorez d'olives noires.

***Clin d'œil pratique***
Pour peler facilement les tomates, plongez les 1 mn dans l'eau bouillante ou cuisez-les quelques minutes à la vapeur.

## AUBERGINES EN MOUSSE

- **1 c. à c. d'agar-agar**
- **6 aubergines coupées en dés**
- **2 oignons émincés**
- **20 cl de lait de soja**
- **4 c. à s. d'huile d'olive**
- **2 gousses d'ail hachées**
- **1 c. à s. de persil haché**
- **1 c. à s. de jus de citron**
- **1 c. à c. de graines de cumin**
- **sel non raffiné**
- **poivre (facultatif)**

• Faites cuire les aubergines et les oignons dans l'huile d'olive à l'étouffée.
• Passez-les au mixeur, puis incorporez le jus de citron, l'ail, le persil, les graines de cumin, le lait de soja et l'agar-agar. Salez, poivrez.
• Portez à ébullition en mélangeant continuellement, puis ôtez du feu et laissez refroidir 2 heures.
• Passez au mixeur, puis versez dans une coupe.

***Idée présentation***
Présentez cette mousse d'aubergines dans des tomates évidées. Décorez d'une olive noire et d'un brin de persil.

## CHARLOTTE D'ENDIVE

- **2 c. à c. rases d'agar-agar**
- **400 g de pommes de terre coupées en rondelles**
- **500 g d'endives coupées en morceaux**
- **25 cl de lait au choix (amande, soja, avoine..)**
- **une bonne pincée de noix de muscade**
- **2 c. à s. d'huile d'olive**
- **sel non raffiné, poivre (facultatif)**

• Faites cuire les endives à l'étouffée dans l'huile d'olive et les pommes de terre à la vapeur.
• Réduisez en purée les endives une fois cuites et les mélanger avec le lait, l'agar-agar, le sel, la noix de muscade.
• Portez à ébullition, puis ôtez du feu.
• Tapissez le moule à charlotte de tranches de pommes de terre, puis versez une couche de purée d'endives, puis une couche de pommes de terre et ainsi de suite jusqu'à expiration des ingrédients.
• Terminez par la purée d'endives.
• Laissez refroidir au frais 3 heures minimum, puis démoulez.

***Clin d'œil gourmand***

Vous pouvez servir cette charlotte nature ou nappée d'un coulis de carottes (carottes cuites vapeur mixées avec de la crème de soja + estragon ciselé + assaisonnement + échalote hachée).

**Un conseil**

Si vous utilisez un lait d'amande ou de noisette, portez l'eau à ébullition avec l'agar-agar et ajoutez la purée d'amande en fin de cuisson. Vous gardez ainsi intacte la majeure partie des éléments nutritifs.

## CHEESE-CAKE AUX HERBES

- **2 c. à c. bien remplies d'agar-agar**
- **200 g de pâte brisée ou pâte à cheese-cake (voir p. 32)**
- **500 g de fromage blanc**
- **15 cl de lait de soja**
- **2 gousses d'ail hachées**
- **4 c. à s. de fines herbes mélangées (persil, ciboulette, cerfeuil, basilic...)**
- **sel non raffiné**

• Disposez la pâte dans le moule légèrement huilé. Si c'est la pâte brisée, faites-la cuire à blanc 25 minutes, si c'est la pâte à cheese-cake, mettez la au réfrigérateur 1/2 heure.
• Mélangez le fromage blanc avec l'ail, les herbes et le sel.
• Portez à ébullition l'agar-agar et le lait de soja.
• Puis aussitôt, incorporez le mélange "fromage blanc-herbes".
• Mélangez vigoureusement, puis versez sur le fond de pâte et laissez reposer au frais 3 heures minimum.

***Clin d'œil gourmand***
Ce très rafraîchissant cheese-cake est tout à fait indiqué pour un buffet ou un pique-nique.
Vous pouvez l'agrémenter de quelques dés d'olives noires ou vertes.

***Clin d'œil pratique***
Vous pouvez aussi réaliser ce cheese-cake, ainsi que celui ci-dessous sans pâte du tout.

## PÂTE À CHEESE-CAKE

- **180 g de chips ou de biscuits salés émiettés**
- **80 g de margarine biologique**
- **épices au choix (cumin, paprika)**
- **sel non raffiné**

• Faites fondre doucement la margarine.
• Puis mélangez-la avec les chips ou les biscuits.
• Déposez l'ensemble dans un moule à manqué et tassez fortement avec les doigts.
• Placez 30 minutes environ au réfrigérateur.

## CHEESE-CAKE AUX POIREAUX

- **1 c. à s. d'agar-agar**
- **200 g de pâte brisée ou pâte à cheese-cake (voir p. 32)**
- **4 beaux poireaux coupés en petits tronçons**
- **2 oignons émincés**
- **1 c. à s. de purée d'amandes**
- **500 g de fromage blanc**
- **une bonne pincée de noix de muscade**
- **2 c. à s. d'huile d'olive**
- **sel non raffiné**

• Faites cuire à la vapeur les poireaux et à l'étouffée dans l'huile les oignons.
• Pendant ce temps, disposez la pâte dans le moule.
• Délayez l'agar-agar dans 15 cl d'eau et portez à ébullition.
• Puis très rapidement, mélangez-le avec le fromage blanc, les légumes cuits et la purée d'amande.
• Salez, "muscadez" et versez sur le fond de tarte.
• Laissez refroidir 3 heures minimum.

***Variante végétalienne***
Remplacez le fromage blanc par 250 g de tofu mixé avec 25 cl de lait de soja.

## COURONNE DE RATATOUILLE AU BASILIC

- **1 c. à s. remplie d'agar-agar**
- **500 g de courgettes coupées en dés**
- **300 g d'aubergines coupées en dés**
- **3 belles tomates coupées en dés**
- **2 oignons émincés**
- **2 poivrons rouges coupés en dés**
- **2 gousses d'ail hachées**
- **2 c. à s. d'huile d'olive**
- **50 cl de lait de soja**
- **1 c. à s. de basilic haché**
- **1 c. à c. d'herbes de Provence**
- **sel non raffiné**
- **poivre (facultatif)**

• Faites cuire les légumes avec les herbes de Provence à l'étouffée dans l'huile d'olive.
• Une fois cuits, ajoutez l'ail et le basilic.
• Portez à ébullition le lait de soja et l'agar-agar et incorporez au mélange de légumes.
• Assaisonnez.
• Versez dans un moule en couronne et laissez reposer 3 heures au frais.
• Démoulez et décorez de salade verte.

***Clin d'œil pratique***
Cette terrine est idéale pour dynamiser un reste de ratatouille.

# FLANS DE CÉLERI-RAVE AUX NOIX

- **1 c. à c. bien remplie d'agar-agar**
- **1 beau céleri-rave coupé en dés,**
- **30 cl de lait de soja**
- **20 noix décortiquées**
- **2 oignons émincés**
- **2 c. à s. d'olive**
- **sel non raffiné, poivre**

• Faites cuire à la vapeur le céleri-rave et les oignons dans l'huile d'olive.
• Réduisez ces légumes en purée, assaisonnez, incorporez leur les noix hachées grossièrement et l'agar-agar délayé dans le lait de soja.
• Portez à ébullition en remuant sans cesse, puis versez dans de petits ramequins individuels.
• Laissez refroidir 3 à 4 heures, puis démoulez dans chaque assiette et entourez de salades et de petits légumes.
• Vous pouvez aussi napper d'une crème de soja aux fines herbes ou d'un coulis de carotte.

# MILLEFEUILLE MULTICOLORE D'AUBERGINE

- **1 c. à c. remplie d'agar-agar**
- **2 poivrons rouges en lanières**
- **2 poivrons jaunes en lanières**
- **3 aubergines en tranches**
- **1 tomme de chèvre fraîche**
- **35 cl de lait (soja, amandes...)**
- **2 gousses d'ail hachées**
- **1 c. à s. de persil haché**
- **3 c. à s. d'huile d'olive**
- **1 c. à s. de tapenade**
- **2 c. à s. de graines de sésame grillées**
- **une pincée de paprika**
- **sel non raffiné**

• Faites cuire 10 minutes à la vapeur les poivrons et les aubergines dans l'huile d'olive.
• Réduisez en purée la tomme de chèvre et la mélanger avec le lait, l'agar-agar, les graines de sésame et la tapenade.
• Portez à ébullition, puis ôtez du feu.
• Dans un moule à cake huilé, alternez des couches de poivrons rouges, du mélange "chèvre-tapenade", d'aubergines, du mélange "chèvre-tapenade", du poivron jaune et ainsi de suite jusqu'à expiration des ingrédients.
• Terminez par une couche de poivrons.
• Laissez reposer quelques heures au frais avant de démouler.
• Servez sur une assiette de salades et d'herbes variées.

***Variante végétalienne***
Remplacez le fromage de chèvre par du tofu ou du tofumé.

## MOUSSE D'AVOCAT

- **1 c. à c. rase d'agar-agar**
- **4 avocats**
- **60 g de tofumé**
- **1 échalote hachée**
- **1 c. à s. de persil haché**
- **15 cl de crème de soja cuisine**
- **sel non raffiné, poivre**

• Passez au mixeur les avocats et le tofumé.
• Délayez l'agar-agar dans la crème et portez à ébullition.
• Versez rapidement dans la purée d'avocats, ainsi que l'échalote, le persil, le sel et le poivre et mélangez vigoureusement.
• Versez dans une coupe, laissez refroidir 3 heures environ, puis passez au mixeur.
• Réservez cette mousse au frais.

***Idée présentation***
Cette mousse peut être versée dans des tomates évidées, ainsi que dans des demi-courgettes cuites à la vapeur. C'est joli, c'est bon et c'est frais.

***Variante***
Pour obtenir des petits flans d'avocats, versez la purée d'avocats à l'agar-agar chaude dans de petits ramequins individuels et laissez refroidir 3 heures minimum.
Démoulez dans l'assiette.

## MOUSSE DE CRESSON

- **2 c. à c. rase d'agar-agar**
- **1 botte de cresson**
- **20 cl de bouillon de légumes**
- **2 c. à s. de purée d'amandes**
- **1 c. à s. de jus de citron**
- **sel non raffiné**

• Équeutez le cresson et ôtez les grosses tiges. Ne conservez que les feuilles.
• Et faites cuire à la vapeur 5 minutes.
• Mixez le cresson, puis incorporez-lui le jus de citron, le bouillon de légumes et l'agar-agar.
• Portez à ébullition en remuant régulièrement, ajoutez la purée d'amande et versez dans un récipient.
• Laissez refroidir 3 heures, puis passez au mixeur pendant 1 minute pour obtenir une mousse.
• Servez très frais.

***Clin d'œil pratique***
Pour obtenir un bouillon de légumes, délayez 1 c. à s. de bouillon en poudre dans 1/4 litre d'eau.

***Clin d'œil gourmand***
Vous pouvez napper cette mousse d'un coulis de tomates obtenu en faisant cuire tomates, oignons dans l'huile d'olive, puis en ajoutant basilic, ail et sel et en mixant le tout.

# ŒUFS EN GELÉE DE GRAND-MÈRE

- **1 c. à c. rase d'agar-agar**
- **4 œufs durs**
- **25 cl de bouillon de légumes**
- **quelques lamelles de carottes**
- **persil et ciboulette ciselée**
- **quelques câpres**
- **sel non raffiné**

• Portez à ébullition le bouillon de légumes et l'agar-agar.
• Salez, ajoutez le persil et la ciboulette et versez-en 1 cm environ dans chaque ramequin.
• Réservez au chaud la casserole de gelée, et au bout de 10 minutes, déposez sur l'aspic un œuf dur, quelques câpres et quelques lamelles de carottes.
• Recouvrez de gelée et laissez reposer 4 heures au frais.
• Démoulez dans chaque assiette.

## PAIN DE COURGETTE AU CHÈVRE

- **1 c. à s. rase d'agar-agar**
- **800 g de courgettes coupées en rondelles**
- **2 oignons émincés**
- **3 gousses d'ail hachées**
- **2 tommes de chèvre fraîches**
- **25 cl de lait au choix**
- **1 à 2 c. à s. de menthe fraîche ciselée**
- **2 c. à s. d'huile d'olive**
- **sel non raffiné**

• Faites cuire les courgettes et les oignons à l'étouffée dans l'huile d'olive.
• Passez au mixeur les tommes de chèvre et le lait, puis leur incorporer l'agar-agar et portez à ébullition.
• Ajoutez les courgettes, donnez encore un bouillon, puis ajoutez l'ail et la menthe.
• Assaisonnez, mélangez et versez dans un moule à cake.
• Laissez refroidir 3 heures et servez bien frais nappé d'un coulis de tomates bien relevé.

***Variante végétalienne***
Remplacez le fromage de chèvre par du tofumé que vous mixez avec le lait choisi.

## PAPETON D'AUBERGINE À L'AGAR-AGAR

- **2 c. à c. rase d'agar-agar**
- **800 g d'aubergines coupées en cubes**
- **2 oignons émincés**
- **30 cl de lait au choix**
- **2 c. à s. de persil haché**
- **3 gousses d'ail hachées**
- **3 c. à s. d'huile d'olive**
- **sel non raffiné**
- **poivre (facultatif)**

• Faites cuire à l'étouffée les oignons et les aubergines (1 h30 environ).
• Réduisez-les en purée, assaisonnez, incorporez l'ail et le persil, l'agar-agar et le lait et portez à ébullition.
• Ôtez du feu et versez dans un moule à cake.
• Laissez reposer quelques heures au frais.
• Démoulez et nappez d'une sauce tomate au basilic.

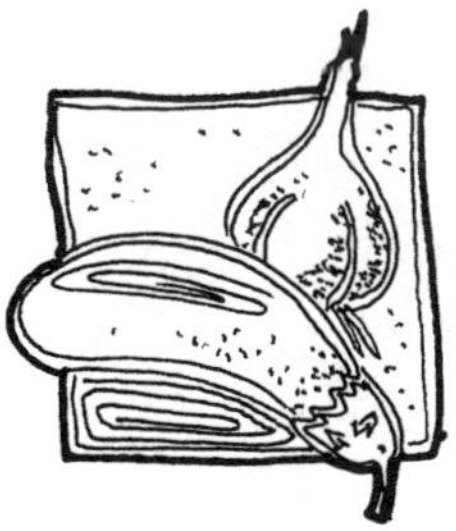

## PÂTÉ VÉGÉTAL

- 1 c. à c. rase d'agar-agar
- 3 oignons émincés
- 250 g de champignons de Paris émincés
- 3 fenouils émincés
- 400 g de pain complet rassis
- 2 gousses d'ail hachées
- 1 c. à s. de persil haché
- 1 c. à c. d'herbes de Provence
- 3 c. à s. d'huile d'olive
- 2 c. à s. de levure maltée
- une pincée de cumin
- sel non raffiné

• Mettez le pain à tremper dans du bouillon de légumes ou du lait chaud.
• Faites cuire à l'étouffée dans l'huile d'olive les oignons, les champignons et les fenouils.
• Quand ils sont cuits (1h30 environ), leur incorporer le pain pressé, l'ail, les herbes, le persil, le cumin, le sel et l'agar-agar.
• Mélangez bien et faites cuire quelques minutes à feu vif en remuant sans cesse.
• Puis ajoutez la levure et passez au mixeur.
• Versez dans une terrine, décorez de feuilles de laurier, d'olives noires et laissez refroidir.

***Clin d'œil santé***
Pour un pâté encore plus léger, faites cuire à la vapeur champignons, oignons et fenouils.
Plus besoin alors d'huile !

# PETITS ASPICS À L'AVOCAT ET AU TOFU

- **1 c. à c. d'agar-agar**
- **25 cl de bouillon de légumes**
- **1 avocat coupé en dés**
- **quelques olives noires dénoyautées**
- **quelques olives vertes dénoyautées**
- **1 petit poivron rouge coupé en dés**
- **100 g de tofu coupé en dés**
- **1 c. à c. de coriandre ciselée**
- **sel non raffiné**

• Portez à ébullition en mélangeant sans cesse l'agar-agar et le bouillon de légumes.
• Ôtez du feu et incorporez tous les autres ingrédients.
• Versez dans de petits ramequins individuels et laissez reposer au frais quelques heures.
• Démoulez et servez entouré de crudités et de salade verte.

***Clin d'œil pratique***
Pour que ces petits aspics soient encore plus réussis, versez d'abord au fond du moule 1 cm de la préparation "agar-agar-bouillon de légumes", laissez "prendre" une dizaine de minutes, puis versez la préparation complète à l'avocat.

## PETITS ASPICS DE PROVENCE

- **1 c. à c. rase d'agar-agar**
- **6 belles tomates**
- **2 tommes de chèvre coupées en dés**
- **2 c. à s. de basilic haché**
- **2 c. à s. d'huile d'olive**
- **1 c. à s de jus de citron**
- **1 tomate coupée en rondelles**
- **sel non raffiné**
- **poivre (facultatif)**

•Faites cuire à la vapeur les tomates 5 à 6 minutes.
• Puis les peler rapidement et les réduire en purée.
• Ajoutez-leur l'huile d'olive, le basilic, l'agar-agar, le jus de citron. Assaisonnez.
• Portez à ébullition tout en remuant et versez au fond de chacun des ramequins une rondelle de tomates, une couche de la préparation à la tomate, une couche de dés de chèvre, une couche de tomate et ainsi de suite jusqu'à expiration des ingrédients.
• Terminez par une couche de tomates.
• Laissez reposer 4 heures, puis démoulez et préparez de jolies assiettes.

# PETITES MOUSSES DE POIVRON AU BASILIC

- **1 c. à c. bien remplie d'agar-agar**
- **6 poivrons rouges en lanières**
- **2 gousses d'ail hachées**
- **25 cl de lait au choix**
- **quelques feuilles de basilic**
- **1 c. à s. d'huile d'olive**
- **sel non raffiné**
- **poivre (facultatif)**

• Faites cuire à la vapeur les poivrons rouges 10 minutes.
• Puis réduisez-les en purée au mixeur et ajoutez-leur le lait choisi dans lequel vous avez délayé préalablement l'agar-agar.
• Portez à ébullition, assaisonnez à votre convenance, parfumez avec l'ail, le basilic et l'huile d'olive et versez dans une coupe.
• Laissez refroidir 3 heures, puis passez au mixeur.

***Idée présentation***
Garnissez de cette mousse de petites tomates rondes évidées et décorez le dessus d'une feuille de basilic. Présentez ces tomates farcies bien fraîches sur un lit de salade frisée.
Cette entrée très raffinée aura beaucoup de succès.

# PETITES MOUSSES DE TOMATE AU CÉLERI

- **2 c. à c. rases d'agar-agar**
- **2 oignons émincés**
- **8 belles tomates**
- **2 branches de céleri**
- **2 gousses d'ail hachées**
- **60 g d'olives noires dénoyautées coupées en dés**
- **2 c. à s. d'huile d'olive**
- **30 cl de lait de soja**
- **sel non raffiné**

• Faites cuire à l'étouffée dans l'huile d'olive les oignons, les tomates et le céleri.
•Quand tout est cuit, passez au mixeur et incorporez le lait de soja, l'agar-agar. Salez.
• Portez à ébullition, puis ôtez du feu et ajoutez l'ail et les olives noires.
• Mélangez et vous avez deux possibilités :
1 - versez dans de petits moules individuels que vous laissez refroidir quelques heures au frais. Démoulez et consommez nappé d'une crème de soja cuisine mélangée à de la tapenade.
2 - versez dans une coupe, laissez refroidir 3 heures, puis passez au mixeur et versez alors cette mousse dans de petites coupes ou dans des tomates évidées.

***Clin d'œil pratique***
Un bocal de tomates pelées vous fera gagner du temps.

***Clin d'œil gourmand***
Accompagnée de tranches de pain aux olives, cette mousse est un vrai régal !

## TARTE BROCOLIS - CHOU-FLEUR

- **1 c. à c. bien remplie d'agar-agar**
- **200 g de pâte brisée**
- **600 g de chou-fleur**
- **300 g de brocolis**
- **1 oignon émincé**
- **30 cl de lait au choix**
- **2 c. à s. de moutarde au citron**
- **1 c. à s. de graines de sésame**
- **2 c. à s. de câpres**
- **noix de muscade**
- **sel non raffiné**
- **poivre (facultatif)**

• Foncez un moule à tarte avec la pâte et recouvrez-la de moutarde.
• Faites cuire les légumes à l'étouffée avec un peu d'huile ou à la vapeur.
• Disposez les petits bouquets de brocolis sur le fond de tarte.
• Réduisez en purée le chou-fleur et le mélanger avec l'agar-agar et le lait. Assaisonnez, incorporez les câpres et portez à ébullition.
• Versez aussitôt sur les brocolis, saupoudrez de graines de sésame et laissez refroidir 3 heures.

## TERRINE PRINTANIÈRE

- **1 c. à s. rase d'agar-agar**
- **200 g de petits pois écossés**
- **400 g de haricots verts**
- **200 g de petites carottes nouvelles**
- **une poignée de fèves**
- **1 c. à s. de persil haché**
- **1 c. à s. de cerfeuil et ciboulette hachés**
- **2 c. à s. de tamari**

• Faites cuire tous les légumes au cuit-vapeur 10 minutes environ.
• Puis rangez-les agréablement dans un moule à cake.
• Portez à ébullition 60 cl d'eau, l'agar-agar, les herbes et le tamari.
• Versez sur les légumes, puis laissez refroidir 4 heures.
• Démoulez et découpez en tranches.

## TERRINE TRICOUCHE

- **3 c. à c. rase d'agar-agar**
- **45 cl de lait de soja**
- **600 g de courgettes coupées en dés**
- **500 g de carottes coupées en dés**
- **1 chou-fleur**
- **1 c. à s. de basilic haché**
- **2 gousses d'ail hachées**
- **1 c. à s. de purée d'arachides**
- **noix de muscade**
- **sel non raffiné**
- **poivre (facultatif)**

- Faites cuire à la vapeur les légumes.
- Réduisez chaque légume en purée séparément.
- Ajoutez à la purée de courgettes l'ail et le basilic, à celle de chou-fleur la noix de muscade et à celle de carottes la purée d'arachides.
- Bien entendu, salez et poivrez si vous le désirez, chacune de ces purées.
- Ajoutez-leur à chacune 1 c. à c. d'agar-agar et 15 cl de lait de soja.
- Portez à ébullition une purée au choix, puis la verser dans un moule à cake.
- Laissez "prendre" une trentaine de minutes, puis procédez de même avec la deuxième purée, puis trente minutes plus tard avec la dernière purée.
- Laissez reposer au réfrigérateur 3 heures environ.
- Démoulez et découpez en tranches.

***Clin d'œil pratique***
Sur ce modèle, vous pouvez confectionner de nombreuses terrines en combinant les légumes les plus divers, les aromates et les fines herbes... Et bien sûr même faire 4, 5, 6 et pourquoi pas encore plus de couches.

Rappelez-vous simplement de laisser "prendre" une couche avant de verser la suivante.

‡

# Des divers usages de l'Agar-agar dans les douceurs et la pâtisserie

Là plus encore que dans la cuisine salée, l'agar-agar va déployer son énorme potentiel et va permettre de confectionner d'innombrables entremets (flans, mousses, crèmes, charlottes) légers et sains, également des tartes et des cheese-cakes. Et aussi des glaces, des confitures...

En particulier pour les végétaliens, comme dans la cuisine salée, l'agar-agar va rendre possible la fabrication de toutes ces douceurs sans aucune adjonction d'œufs, de crème fraîche ou de fromage blanc (excepté pour les cheese-cakes !).

Vous utiliserez donc l'agar-agar dans :

- **les flans et blancs-manger** : ce sont les utilisations directes de l'agar-agar (1 c. à c. pour 1/2 l de liquide). Vous pouvez en confectionner une multitude : aux fruits, séchés ou frais, aux parfums les plus divers : chocolat, café, caramel, orange, citron etc....Ensuite, une fois refroidis, vous pourrez soit les démouler, soit les laisser dans leur moule (flans en particulier).

- **les mousses et crèmes :** là deux possibilités
• les préparer comme un flan que vous laissez refroidir, puis passer au mixeur pour obtenir une crème onctueuse
• vous diminuez légèrement la quantité d'agar-agar

- **la crème patissière** que nous appelons "**crème délice**" et que nous obtenons en mixant une crème d'abord gélifiée complètement. Vous pouvez la parfumer à votre convenance ; elle vous sera d'une grande utilité pour :
• garnir choux et éclairs
• napper terrines aux fruits et blanc-manger
• consommer telle que accompagnée de petits biscuits
• confectionner charlottes et tiramisu
• fourrer des gâteaux

- **les terrines de fruits en gelée ou aspics** (1 c. à s. d'agar-agar pour 3/4 l de liquide + 250 g de fruits environ) : vous allez vous régaler car leur choix est infini et en jouant avec les fruits entiers ou en dés, les coulis de fruits, les compotes, les jus de fruits et les différents laits (de coco, amandes, noisettes, sésame...), vous obtiendrez des résultats surprenants.

- **les charlottes et tiramisus :** combinaison sous forme de couches de biscuits (à la cuiller ou boudoirs), de fruits vapeur en général et de crèmes ou mousses.

- **les cheese-cakes et tartes :** ils permettent d'obtenir des préparations moelleuses et raffinées très légères et de belle présentation.
Pour les tartes aux fruits, vous préparerez une excellente gelée dont vous napperez votre tarte au

sortir du four et qui lui donnera un appétissant brillant : 1/2 c. à c. d'agar-agar dans 30 cl de jus de fruits.

- **les glaces :** grâce à l'agar-agar, vous préparerez des glaces et sorbets légers qui présentent l'immense avantage de ne pas fondre si vous les laissez dehors trop longtemps... ils reprendront simplement une consistance de mousse.
Mêmes préparations que les crèmes et mousses ; mettre au congélateur.

- **les confitures et gelées :** pour éviter une cuisson trop longue et conserver ainsi l'arôme des fruits, ajoutez 5 minutes avant d'ôter du feu 1 c. à s. bombée d'agar-agar pour environ 3 kg de confitures ou de gelées. Portez à ébullition et laissez cuire quelques minutes doucement.
Selon la consistance que vous désirez, diminuez ou augmentez cette quantité.

- **les compotes :** pour épaissir une compote un peu liquide, ajoutez un peu d'agar-agar.

***Un conseil***
Ne jamais réchauffer une préparation à l'agar-agar; elle se liquéfierait complètement.

***Un conseil***
Pour faciliter le démoulage, passez rapidement votre moule sous l'eau froide, puis versez dedans la préparation.

‡

# *Recettes sucrées*

## RECETTE TYPE D'ASPIC OU DE TERRINE DE FRUITS EN GELÉE

- 1 c. à s. d'agar-agar
- 75 cl de jus de fruits au choix (ou 50 cl + 25 cl de coulis ou de compote)
- 200 à 300 g de fruits en dés ou entiers (framboises)

• Délayez l'agar-agar dans le jus froid et portez à ébullition en remuant continuellement.
• Ajoutez les fruits, donnez un bouillon et ôtez du feu.
• Versez dans une terrine et laissez refroidir 3 à 4 heures.

## RECETTE TYPE DE FLAN

- 1 c. à c. d'agar-agar
- 1/2 l. de lait au choix (soja, avoine, riz, amandes, noisettes...)
- 2 c. à s. de sucre roux ou complet, de malt de maïs, de miel, de sève d'érable...
- parfum au choix : zestes d'orange ou de citron, huile essentielle de mandarine, cannelle, eau de fleur d'oranger, cacao en poudre ou chocolat noir, caramel etc...
- caramel ou sève d'érable au fond du ramequin

• Portez à ébullition l'agar-agar délayé dans le

lait choisi avec le sucre et le parfum.
• Remuez constamment et dès l'ébullition, ôtez du feu.
• Versez dans une ou plusieurs coupes et laissez refroidir 3 à 4 heures.

## RECETTE TYPE DE MOUSSE

Même préparation que ci-dessus ; puis une fois refroidi, passez le flan ou l'aspic au mixeur pour obtenir une crème.
Les mousses aux fruits se font en incorporant à la préparation chaude des fruits coupés en dés et cuits vapeur.

## RECETTE TYPE DE GLACE

Même préparation que la mousse, puis mettre au congélateur.

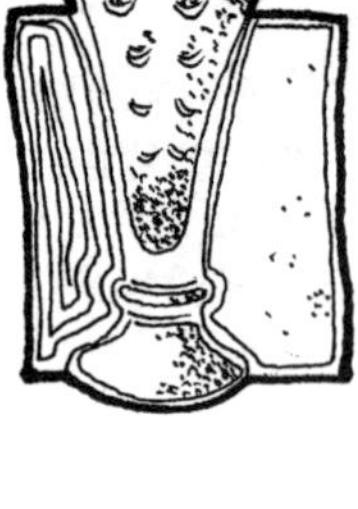

## ASPIC DE FRUITS ROUGES

- **1 c. à s. rase d'agar-agar**
- **3/4 l. de jus de raisin rouge**
- **300 g de fruits rouges mélangés**

• Portez à ébullition le jus de raisin dans lequel vous avez dilué préalablement l'agar-agar.
• Incorporez alors les fruits, donnez un bouillon puis ôtez du feu et versez dans un moule à cake.
• Laissez au frais et démoulez, puis découpez en tranches.

## ASPIC EXOTIQUE AUX FRUITS

- **1 c. à s. rase d'agar-agar**
- **1/2 l. de jus de pomme**
- **25 cl de coulis de mangue**
- **300 g de mangues, bananes et ananas**

• Portez à ébullition le mélange "jus de pomme - coulis - agar agar", puis ajoutez les fruits et portez à nouveau à ébullition.
• Versez dans un moule à cake, puis réservez au frais au moins 3 heures avant de démouler et de découper en tranches.

***Variante***
Essayez en remplaçant le jus de pomme par du lait de coco ! C'est délicieux !

***Clin d'œil pratique***
Si vous n'avez pas de coulis de mangue, remplacez-le par une compote ou un jus de fruits à votre choix (ananas, abricot...).

# BLANC - MANGER COCO AUX LITCHEES

- **1 c. à c. remplie d'agar-agar**
- **50 cl de lait de coco**
- **3 c. à s. de sucre roux**
- **1 c. à c. de jus de citron**
- **1 c. à c. de cannelle**
- **une pincée de vanille**
- **250 g de litchees**
- **quelques graines de sésames grillées**

• Portez à ébullition le mélange “agar-agar - lait de coco - sucre” en remuant constamment puis incorporez le jus de citron, la vanille et la cannelle.

• Versez dans un plat pas très haut et laissez refroidir 2 à 3 heures.

• Découpez en petits cubes que vous disposez dans des coupes individuelles.

• Ajoutez les litchees, mélangez et saupoudrez de graines de sésame et de pétales de rose.

# BLANC-MANGER AUX COINGS

- **1 c. à c. remplie d'agar-agar**
- **1 kg de coings épluchés et coupés en morceaux**
- **2 c. à s. de purée d'amandes**
- **125 g de sucre complet ou roux**

• Faites cuire les coings à l'étouffée dans une cocotte avec 2 c. à s. d'eau.
• Quand ils sont cuits, filtrez-les et recueillez à peu près 50 cl de jus.
• Versez ce jus dans une casserole avec le sucre et l'agar-agar et portez à ébullition.
• Ôtez du feu, incorporez la purée d'amandes délayée dans 2 c. à s. d'eau et versez dans un moule à charlotte.
• Laissez "prendre" au frais 4 heures.
• Démoulez au moment de servir.

***Clin d'œil gourmand***
Ce blanc-manger ne vous décevra pas ; le parfum subtil des coings le rend incomparable.
Essayez-le aussi avec des cerises noires ou des cassis.

> Passez rapidement votre moule sous l'eau froide, puis versez la préparation à l'agar-agar. Le démoulage en sera facilité.

## BLANC-MANGER AUX FRUITS SECS

- **1 c. à s. remplie d'agar-agar**
- **4 c. à s. de purée d'amandes**
- **100 g de miel de lavande**
- **150 g d'amandes, de noix et de noisettes grillées et hachées grossièrement**
- **150 g de fruits confits hachés**

• Portez à ébullition 70 cl d'eau, le miel et l'agar-agar.
• Ajoutez alors les fruits secs et confits, donnez encore un bouillon, puis ôtez du feu et incorporez la purée d'amandes.
• Versez dans un moule à charlotte, laissez refroidir au moins 4 heures, démoulez et servez frais.

***Clin d'œil gourmand***
Nappez ce blanc-manger d'un coulis de framboises...

***Variante***
À faire également au lait de noix de coco, en remplacement de l'eau et la purée d'amandes.

## BLANC MANGER AUX PIGNONS

- **2 c. à c. rases d'agar-agar**
- **3/4 l. de lait de soja**
- **120 g de sucre roux ou complet**
- **1 c. à c. de cannelle**
- **le zeste d'un citron**
- **1 poignée de pignons de pin**

• Portez à ébullition le mélange "lait de soja - agar-agar - sucre - cannelle- jus de citron".
• Versez dans une coupe, laissez prendre 30 minutes, puis saupoudrez de pignons de pin.

• Attendez 3 heures au moins avant de servir bien frais.

## BLANC-MANGER PROVENÇAL

- **2 c. à c. d'agar-agar**
- **300 g d'abricots secs**
- **100 g de sucre roux**
- **40 cl de lait de soja à la vanille**

• Passez à la vapeur les abricots secs une dizaine de minutes.
• Puis passez-les au mixeur et mélangez-les avec le lait, le sucre et l'agar-agar.
• Portez à ébullition 1 minute, puis versez dans un moule à bavarois ou à charlotte.
• Laissez refroidir 4 heures au frais.
• Démoulez et découpez en parts.

***Clin d'œil gourmand***
Nappez ce bavarois d'un coulis de mangues.

***Variante***
À la place des abricots secs, des pruneaux seraient également parfaits.
Mais aussi pour changer, n'hésitez pas à les remplacer par des fruits frais, des pêches par exemple que vous cuisez à la vapeur 5 minutes, puis procédez comme précédemment.

## CHARLOTTE AUX MANGUES

- **1 c. à c. rase d'agar-agar**
- **1 paquet de biscuits boudoirs ou à la cuiller**
- **2 belles mangues coupées en dés**
- **1/2 l. de lait d'amandes ou de soja**
- **une bonne pincée de vanille en poudre**
- **2 c. à s. de sucre complet ou roux**
- **jus de pommes**

• Faites cuire 1 minute les mangues à la vapeur.
• Portez à ébullition le lait choisi mélangé avec le sucre, l'agar-agar et la vanille en remuant constamment.
• Tapissez le moule à charlotte de biscuits trempés dans le jus de pommes.
• Puis garnissez le moule de couches successives de crème à l'agar-agar, de mangues et de biscuits trempés.
• Terminez par une couche de biscuits, tassez légèrement et laissez refroidir au moins 4 heures avant de déguster.

***Clin d'œil pratique***
Sur ce modèle, laissez-vous tenter par la charlotte aux poires, aux pêches ou aux fruits rouges, toutes aussi savoureuses !

# CHARLOTTE AUX FRUITS CONFITS

- **40 cl de crème Délice**
- **150 g d'écorces confites d'orange et de citron en dés**
- **80 g de raisins secs**
- **1 paquet de biscuits à la cuiller**

• Préparez la crème Délice (p 68).
• Tapissez un moule à charlotte de biscuits à la cuiller (le fond et les côtés).
• Mélangez les fruits confits et les raisins avec 6 biscuits à la cuiller, coupés en morceaux et déposez le tout à l'intérieur du moule.
• Recouvrez le tout de crème Délice.
• Laissez refroidir 3 heures au frais.
• Démoulez et découpez en parts.

## CHEESE-CAKE BANANE NOIX DE COCO

pour la pâte:

- **180 g de biscuits secs**
- **80 g de margarine biologique**
- **30 g de noix de coco**

pour la garniture :

- **3 c. à c. rase d'agar-agar**
- **500 g de fromage blanc**
- **3 bananes cuites vapeur**
- **1 banane découpée en rondelles**
- **40 g de noix de coco**
- **1 c. à c. de jus de citron**
- **1 c. à c. de cannelle**
- **80 g de sucre complet ou roux**
- **15 cl de jus de pomme**

• Émiettez les biscuits en poudre fine avec les doigts ou à la moulinette.

• Mélangez-les avec la margarine fondue et la noix de coco et déposez le tout dans un moule à tarte légèrement graissé.

• Tassez bien avec les doigts et laissez reposer au réfrigérateur 30 minutes minimum.

• Mélangez le fromage blanc avec les bananes cuites réduites en purée, la noix de coco, la cannelle et le sucre.

• Portez à ébullition l'agar-agar dissout dans le jus de pomme et ajoutez-le rapidement à la préparation ci-dessus.

• Mélangez vigoureusement et versez sur le fond de tarte.

• Décorez le dessus de rondelles de bananes bien citronnées pour qu'elles ne noircissent pas.

• Servez bien frais.

***Variante gourmande***
Remplacez la noix de coco par 2 mandarines pelées à vif et découpées en dés et 4 gouttes d'huile essentielle de mandarine.

## CHEESE-CAKE AUX FRAMBOISES

- **même pâte que précédemment**
- **3 c. à c. rase d'agar-agar**
- **500 g de fromage blanc**
- **200 g de framboises**
- **2 c. à s. de gelée de framboises**
- **15 cl de jus de pommes**
- **100 g de sucre roux ou complet**
- **quelques noisettes grillées pilées**

• Préparez la pâte comme la recette précédente.
• Mélangez le fromage blanc avec les framboises et le sucre.
• Délayez l'agar-agar dans le jus de pommes et portez à ébullition.
• Ôtez du feu et incorporez rapidement dans le fromage blanc en battant vigoureusement.
• Laissez "prendre" 1 heure, puis étalez la gelée de framboises par-dessus puis saupoudrez de noisettes grillées.
• Laissez refroidir encore 3 heures.

## COMPOTÉE DE MIRABELLES EN CRÈME D'AMANDES

- **un grand verre de "crème Délice"** (p 68)
- **500 g de mirabelles dénoyautées**
- **1/2 c. à c. de jus de citron**
- **2 c. à s. de sucre roux ou complet**
- **quelques amandes effilées**

• Préparez la compote en faisant cuire tout doucement les mirabelles avec le sucre et le jus de citron.
• Réservez au frais dans de petites coupes assez hautes.
• Préparez la "crème Délice" et recouvrez-en les mirabelles.
• Saupoudrez d'amandes effilées légèrement grillées.
• Servez très frais.

## COUSCOUS EN GÂTEAU AUX PRUNEAUX

- **1 c. à s. d'agar-agar**
- **60 cl de lait de soja parfumé à la vanille**
- **80 g de couscous gros**
- **2 c. à s. de zeste râpé d'orange**
- **3 c. à s. de sucre complet**
- **100 g de pruneaux hachés**

• Versez 50 cl de lait bouillant sur le couscous et laissez gonfler 5 minutes.
• Puis incorporez le zeste d'orange, les pruneaux, le sucre et l'agar-agar délayé dans les 10 cl de lait de soja froid.
• Portez à ébullition 1 minute, puis versez dans un

moule à cake ou dans de petits ramequins.
• Laissez refroidir, puis démoulez et coupez en tranches.

## CRÈME DE BANANE

- **1 c. à c. remplie d'agar-agar**
- **5 bananes cuites à la vapeur 5 minutes**
- **75 cl de lait de noix de coco**
- **2 à 3 c. à s. de sucre complet ou roux**
- **1/2 c. à c. de jus de citron**

• Réduisez les bananes en purée.
• Mélangez-les au lait de coco, au sucre et au jus de citron et portez le tout à ébullition en remuant constamment.
• Versez aussitôt dans une coupe.
• Laissez refroidir quelques heures.

***Clin d'œil pratique***
Pour une consistance de flan à démouler, comptez 2 c. à c. d'agar-agar.

## CRÈME DÉLICE

- **1 c. à c. remplie d'agar-agar**
- **3 c. à s. de purée d'amandes ou de noisettes**
- **2 c. à s. de sucre roux ou complet**
- **une pincée de vanille en poudre**

• Portez à ébullition 50 cl d'eau dans laquelle vous avez délayée l'agar-agar et le sucre.
• Ôtez du feu, incorporez la purée d'amandes et la vanille, versez dans une coupe et laissez refroidir.
• Quand le mélange est bien gélifié, passez-le au mixeur et vous obtenez une crème onctueuse.

***Clin d'œil pratique***
Utilisez à la place du sucre et de la purée d'amandes, un confit d'amandes.
Vous parfumerez cette crème patissière selon vos goûts, à la vanille comme ici, mais aussi avec un zeste d'orange ou de citron, quelques gouttes d'huile essentielle d'orange, de citron ou de mandarine, de cacao en poudre, de malt ou d'eau de fleur d'oranger.
Cette crème est tout indiquée pour garnir de petits choux et napper des gâteaux.

***Clin d'œil gourmand***
Vous obtiendrez une crème exquise et presque instantanée en délayant 4 bonnes c. à s. de "La Chocolade " d'Hervé dans 1/2 l. d'eau.
Portez à ébullition et versez aussitôt dans une coupe.
Laissez refroidir, consommez tel quel sous forme de flan ou passez au mixeur pour obtenir une mousse.
Vos enfants en raffoleront !

## CRÈME DÉLICE AU PAIN D'ÉPICES

- **mêmes ingrédients que ci-dessus**
- **3 tranches de pain d'épices**

• Procédez de la même façon que la recette précédente et mixez la crème une fois refroidie avec le pain d'épices.
• Laissez reposer au réfrigérateur 2 heures minimum.
• Délicieuse !
• Vous pouvez aussi la mettre au congélateur.

***Clin d'œil gourmand***
Cette crème délicatement parfumée est idéale pour garnir une charlotte ou un gâteau et aussi en nappage. Utilisez de préférence un pain d'épices fait maison.

***Variante***
Vous pouvez bien entendu préparer ces deux crèmes Délice avec du lait de soja.

- **1 c. à c. remplie d'agar-agar**
- **50 cl de lait de soja**
- **une pincée de vanille en poudre**
- **2 c. à s. de sucre roux ou complet**

• Délayez l'agar-agar dans le lait de soja avec le sucre et la vanille.
• Portez à ébulition, versez dans une coupe et laissez refroidir.
• Mixez.

Mêmes observations que les précédentes.

## CRÈME DE PRUNEAU EN GELÉE

**▸ 1 c. à s. rase d'agar-agar**
**▸ 200 g de pruneaux**
**▸ 4 yaourts (vache ou soja)**
**▸ le zeste râpé d'une orange**
**▸ 60 g de sucre roux ou complet (facultatif)**
**▸ 20 cl de jus de pommes**
**▸ quelques amandes effilées légèrement grillées**

• Mettez à gonfler les pruneaux au cuit-vapeur 10 minutes.
• Dénoyautez-les.
• Mettez les pruneaux dans le mixeur et réduisez-les en purée grossière.
• Mélangez cette purée avec le zeste d'orange, le sucre, l'agar-agar et le jus de pomme.
• Portez à ébullition, incorporez les yaourts, puis disposez dans des coupes individuelles.
• Saupoudrez d'amandes effilées.
• Réservez 2 à 3 heures au frais avant de servir.

## DÉLICIEUX À LA CRÈME DE MARRONS

**▸ 1 c. à c. bien remplie d'agar-agar**
**▸ 300 g de crème de marrons**
**▸ 50 cl de lait de soja ou d'amandes**
**▸ 1 pincée de vanille en poudre**

• Portez à ébullition le lait, l'agar-agar et la vanille.
• Incorporez la purée de marrons, mélangez rapidement et versez dans de petits moules individuels.

• Démoulez dans chaque assiette et nappez d'une crème délice aux amandes.

***Clin d'œil gourmand***
Quelques brisures de marrons glacés ajoutés en fin de cuisson feront de ce dessert une somptueuse façon de terminer un repas de fête.

## DÉLICIEUX AU FROMAGE BLANC

- **4 c. à c. rase d'agar-agar**
- **500 g de fromage blanc**
- **le zeste de 2 citrons râpés**
- **120 g de miel**
- **50 g de pignons de pin grillés**
- **150 g de fruits confits hachés**
- **5 cl d'eau de fleur d'oranger**
- **50 g de pistaches**

• Mettez le fromage blanc, le zeste de citron, le miel, les pignons, les pistaches et les fruits confits.
• Délayez l'agar-agar dans l'eau de fleur d'oranger et 10 cl d'eau et portez à ébullition 1 minute.
• Puis versez le tout sur le mélange "fromage-fruits" et mélangez vigoureusement et rapidement.
• Versez dans un moule à bavarois ou à charlotte et laissez reposer 3-4 heures.

## DÉLICIEUX AUX FRUITS SÉCHÉS

- **1 c. à c. remplie d'agar-agar**
- **5 pruneaux dénoyautés**
- **5 figues**
- **5 abricots secs**
- **3 rondelles d'orange coupées en dés**
- **50 cl de jus de raisin**
- **1 c. à c. de cannelle**

• Découpez en 3 ou 4 morceaux les fruits séchés puis les déposer dans une casserole avec les 2/3 du jus de raisin.
• Faites-les cuire une dizaine de minutes, puis leur ajouter l'agar-agar dilué dans le reste de jus de raisin et portez le tout à ébullition.
• Versez dans un moule à cake et laissez refroidir quelques heures.
• Démoulez et découpez en tranches.
Vous pouvez aussi passer le tout au mixeur et servir sous forme de crème.

## FLANS À LA CHÂTAIGNE

- **1/2 c. à c. d'agar-agar**
- **100 g de farine de châtaignes**
- **4 c. à s. de sucre complet ou roux**
- **50 cl de lait de soja ou d'avoine**

- **2 gouttes d'huile essentielle de mandarine**
- **caramel ou sève d'érable**

• Portez à ébullition l'agar-agar délayé avec la farine, le sucre et le lait.
• Ôtez du feu, ajoutez l'huile essentielle de mandarine et mélangez bien.
• Dans le fond de petits ramequins, versez un peu de caramel ou de sève d'érable et recouvrez de la "crème de châtaignes".
• Laissez reposer au frais 3 heures, puis servez ainsi ou démoulez.

## GÂTEAU DE RIZ AUX POIRES

- **1 c. à c. rase d'agar-agar**
- **60 cl de lait de soja vanille**
- **60 g de riz blanc**
- **4 poires coupées en dés**
- **4 c. à s. de sucre complet**
- **sève d'érable ou caramel**

• Faites cuire doucement le riz et le sucre dans 40 cl de lait de soja (45 minutes environ).
• Faites cuire les poires à la vapeur 5 minutes, puis les ajouter au riz cuit.
• Délayez l'agar-agar dans les 20 cl de lait restant et ajoutez les à la préparation "riz-poires".
• Mélangez bien et versez dans de petits ramequins au fond desquels vous avez versé la sève d'érable ou le caramel.

## GELÉE DE KIWI

- **1 c. à c. rase d'agar-agar**
- **6 kiwis épluchés coupés en morceaux**
- **2 c. à s. de sucre roux ou complet**
- **3 c. à c. de sirop de menthe**

• Portez à ébullition l'agar-agar, le sucre et le sirop délayés dans 35 cl d'eau froide.
• Puis incorporez les kiwis et portez à nouveau à ébullition.
• Passez rapidement au mixeur et versez dans de petits ramequins individuels. Laissez refroidir quelques heures avant de démouler dans chaque assiette et décorez d'une feuille de menthe.

## GELÉE DE PASTÈQUE

- **1 c. à s. rase d'agar-agar**
- **une petite pastèque bien mûre**
- **4 c. à s. de sucre roux ou complet**

• Retirez la chair de la pastèque et passez-la au mixeur.
• Récupérez 75 cl de liquide environ que vous mélangez avec le sucre et l'agar-agar.
• Portez à ébullition, puis versez dans une jolie coupe.
• Réservez au frais quelques heures.
• Décorez le dessus de quelques feuilles de menthe et de pignons de pin.

Vous apprécierez cette fort rafraîchissante gelée par un après-midi étouffant d'été.

## GLACE À L'AGAR-AGAR

- **2 c. à c. rases d'agar-agar**
- **40 cl de lait au choix**
- **300 g de framboises, fraises, bananes..**
- **1/2 c. à c. de jus de citron**
- **3 c. à s. de sucre roux ou complet**

• Portez à ébullition le lait, le sucre, le jus de citron et l'agar-agar.
• Ajoutez les fruits choisis, donnez un bouillon et versez dans un moule.
• Placez au congélateur quelques heures, puis sortez votre glace et passez-la au mixeur.
• Remettez au congélateur jusqu'au moment de servir.

***Clin d'œil pratique***

L'intérêt de cette glace à l'agar-agar est qu'elle ne fond pas ; elle va à température ambiante se transformer tout bonnement en crème ou mousse aux fruits.
Pratiquement toutes les recettes données ici de flans, crèmes et mousses peuvent se reconvertir en glaces.
Il est préférable de sortir la glace une dizaine de minutes avant de la déguster.

## MACÉDOINE DE FRUITS EN GELÉE

- **1 c. à s. remplie d'agar-agar**
- **300 g de petits fruits (framboises, cassis, mûres...) ou (et) dés de fruits (pommes, poires, pêches, abricots, bananes..)**
- **50 cl de jus de fruits (pomme, raisin, ananas...)**

• Portez à ébullition le jus de fruit additionné d'agar-agar en remuant sans cesse.
• Incorporez alors les fruits choisis, attendez le retour de l'ébullition et versez dans un moule à cake.
• Laissez refroidir 3 heures puis démoulez et découpez en cubes.
• Disposez ces cubes dans des coupes individuelles, saupoudrez d'amandes effilées, de zeste d'orange râpé et de raisins secs.

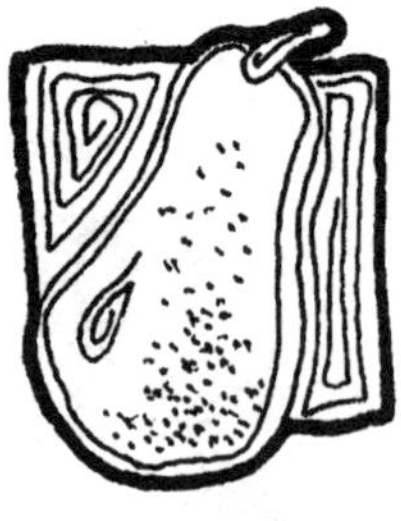

## MOUSSE DE MANGUE-COCO

- **2 c. à c. rases d'agar-agar**
- **3 belles mangues**
- **1/2 c. à c. de jus de citron**
- **50 cl de lait de noix de coco**
- **3 c. à s. de sucre roux ou complet**
- **noix de coco râpée**

• Passez au mixeur les mangues.
• Portez à ébullition le lait de coco avec le sucre, le jus de citron et l'agar-agar.
• Ajoutez la purée de mangues et donnez encore un bouillon.
• Versez dans une coupe et laissez refroidir 3 heures.
• Passez au mixeur avant de servir pour obtenir une mousse légère.

Préparé avec des mangues mûres à point, ce dessert est l'un des plus parfumés qui soit.

***Clin d'œil pratique***
Si vous préférez la consistance d'un flan à celle d'une mousse, augmentez légèrement la quantité d'agar-agar et ne mixez pas tout simplement.

# MOUSSE LÉGÈRE AU CHOCOLAT

- **1 c. à c. remplie d'agar-agar**
- **160 g de chocolat noir**
- **3 à 4 c. à s. de sucre roux ou complet**
- **un petit morceau de gingembre frais haché**
- **50 cl de lait de soja ou d'amandes**

• Portez à ébullition le chocolat fondu, le gingembre râpé, le lait choisi et l'agar-agar.
• Ôtez du feu et versez dans une coupe.
• Laissez prendre 3 heures, vous obtenez alors des flans au chocolat.
• Pour une mousse onctueuse, passez simplement au mixeur 1 minute.

• Légère et délicieuse, les enfants l'aiment tout particulièrement.

***Clin d'œil pratique***
Une fois mixée, vous pouvez mettre cette préparation au congélateur pour obtenir une délicieuse glace au chocolat.

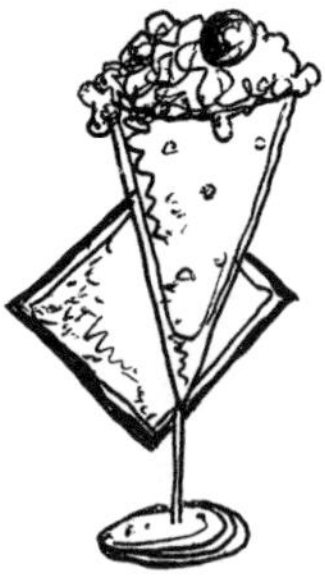

# MOUSSE AUX PÊCHES

- **1 c. à c. rase d'agar-agar**
- **5 pêches dénoyautées, découpées en morceaux**
- **3 c. à s. de sucre roux**
- **2 c. à s. de purée d'amandes**
- **une pincée de vanille en poudre**

• Pochez les morceaux de pêche 2 minutes au cuit-vapeur, puis réduisez-les en purée.
• Portez à ébullition 20 cl d'eau avec l'agar-agar et le sucre, puis ôtez du feu et mélangez vivement avec la purée de pêches, la purée d'amandes et la vanille.
• Versez dans une coupe, laissez refroidir 3 heures, puis passez au mixeur et réservez au frais.
• Ce dessert très léger succèdera agréablement à un repas un peu riche.

***Variante aux framboises***

- 1 c. à c. d'agar-agar
- 250 g de framboises
- 25 cl de jus de pommes

• Portez à ébulition le jus de pomme avec l'agar-agar, puis incorporez les framboises et donnez encore un bouillon.
• Laissez refroidir 2 heures.

***Idée présentation***

Comme la mousse aux pêches, vous pouvez présenter cette mousse aux framboises telle quelle, démoulée et découpée en tranches ou en dés, ou alors la mixer et vous obtenez alors une mousse que vous servez dans de petites coupes.
• Décorez de quelques amandes effilées, de framboises entières ou nappez de crème délice aux amandes ou aux noisettes (p.68).

## PETITS FLANS DE FIGUES AUX AMANDES GRILLÉES

- **1 c. à c. d'agar-agar**
- **50 cl de lait d'avoine ou de soja**
- **14 figues séchées coupées en dés**
- **2 c. à s. de sucre roux ou complet (facultatif)**
- **amandes effilées grillées**

• Faites cuire les figues 5 minutes à la vapeur.
• Mélangez-les au lait choisi, à l'agar-agar et au sucre.
• Portez le tout à ébullition, puis ôtez du feu.
• Au fond de chaque petit moule, déposez quelques amandes effilées et les recouvrir du mélange bouillant.
• Laissez refroidir 3 heures, puis démoulez au moment de servir.

# SALADE EXOTIQUE AUX DÉS DE GELÉE

- **1 c. à c. remplie d'agar-agar**
- **50 cl de lait d'amandes**
- **3 c. à s. de malt de maïs**
- **2 mangues coupées en dés**
- **2 bananes coupées en rondelles**
- **2 tranches d'ananas coupées en dés**
- **1 fruit de la passion coupé en dés**
- **15 cl de jus d'ananas**
- **noix de coco râpée**

• Portez à ébullition le lait d'amandes avec l'agar-agar et le malt de maïs.
• Versez dans un plat pas très haut et laissez refroidir 2 heures minimum.
• Découpez en petits cubes.
• Disposez dans une grande coupe les fruits en morceaux et les dés de gelée.
• Arrosez de jus d'ananas et saupoudrez de noix de coco râpée.

• Cette salade de fruits est excellente en lieu et place du petit déjeuner ou du goûter.
Très rafraîchissante l'été.

***Clin d'œil santé***
Peu recommandée pour clore un repas, car l'adjonction de fruits frais favorise l'apparition de fermentations intestinales et les ballonnements.
À la place des fruits frais, utilisez des fruits séchés (figues, abricots secs, pruneaux, raisins secs...).

# TARTE AUX FRAISES ET AUX BANANES

- **1 c. à c. rase d'agar-agar**
- **200 g de pâte brisée**
- **250 g de fraises**
- **2 bananes**
- **25 cl de lait de soja**
- **3 c. à s. de sucre roux ou complet (facultatif)**
- **amandes effilées**

• Foncez le moule à tarte avec la pâte et faites la cuire à four moyen 25 minutes.
• Pendant ce temps, mixez ensemble les fraises, la banane, le lait de soja et le sucre.
• Incorporez l'agar-agar et portez à ébullition.
• Ôtez du feu, laissez refroidir légèrement, puis versez sur la pâte cuite.
• Saupoudrez d'amandes effilées et laissez refroidir.

# TARTE À L'ORANGE

- **2 c. à c. rases d'agar-agar**
- **200 g de pâte brisée**
- **2 oranges coupées en rondelles**
- **10 c. à s. de jus d'orange**
- **10 c. à s. de sève d'érable ou malt de maïs**
- **graines de sésame**

• Foncez un moule à tarte graissé avec la pâte et faites cuire à four moyen 20 minutes.
• Pendant ce temps, portez à ébullition 30 cl d'eau avec le jus d'orange, la sève d'érable et l'agar-agar.
• Laissez refroidir la préparation jusqu'à ce qu'elle prenne une consistance gélatineuse, puis la verser sur le fond de pâte.
• Disposez dessus les rondelles d'orange en les enfonçant légèrement pour qu'elles soient recouvertes de gelée à l'orange.
• Parsemez de quelques graines de sésame et dégustez bien frais.

***Variante***
La même au citron !

## TERRINE D'AGRUMES D'ANNIE

- **1 c. à s. d'agar-agar**
- **le zeste haché d'un citron vert**
- **1 pamplemousse rose**
- **2 mandarines**
- **3 oranges sanguines**
- **20 cl de jus d'oranges fraîchement pressées**
- **4 c. à s. de sucre roux**

• Pelez à vif le pamplemousse, les mandarines et les oranges, puis découpez-les en rondelles.
• Portez à ébullition le jus d'orange, 30 cl d'eau, le sucre et l'agar-agar en remuant constamment.
• Incorporez alors les rondelles d'agrumes et portez à nouveau à ébullition rapidement.
• Versez dans un moule à cake et laissez refroidir 4 heures environ.
• Démoulez, découpez en tranches.

***Idée présentation***
Disposez dans chaque assiette 2 tranches de cette terrine et nappez-la d'un coulis de bananes. Le contraste surprenant de la douceur de la banane avec l'acidité des agrumes est fort agréable.

***Coulis de bananes***
Mixez ensemble 3 bananes cuites vapeur avec 1 c. à c. de jus de citron et 15 cl de lait d'amandes ou de coco.

# TERRINE DE FRUITS D'AUTOMNE

- **1 c. à s. remplie d'agar-agar**
- **200 g de compote de pommes**
- **50 cl de jus de pommes**
- **1 coing découpé en dés**
- **2 pommes découpées en dés**
- **2 poires découpées en dés**
- **100 g de grains de raisin noir**
- **3 prunes**
- **3 figues fraîches coupées en 4**

• Portez à ébullition le jus de pommes, dans lequel est délayé l'agar-agar, et la compote.
• Incorporez tous les fruits et portez à nouveau à ébullition.
• Versez dans un moule à cake et réservez au frais quelques heures.
• Démoulez, découpez en tranches, servez tel quel ou nappé d'une crème délice aux amandes.

## TERRINE DE FRUITS D'ÉTÉ

- **1 c. à s. d'agar-agar**
- **200 g de compote de pêches**
- **50 cl de jus de pommes**
- **4 abricots coupés en dés**
- **3 pêches coupées en dés**
- **4 mirabelles coupées en 2**
- **4 reines-claude coupées en 2**
- **1 poire coupée en dés**

• Procédez de même que pour la recette précédente "Terrine de fruits d'automne".

## TERRINE NORMANDE

- **1 c. à s. d'agar-agar**
- **25 cl de jus de pommes**
- **1 kg de pommes coupées en gros dés**
- **2 c. à s. de sucre roux ou complet**
- **1/2 c. à c. de vanille en poudre**

• Faites cuire les pommes au cuit-vapeur 10 minutes.
• Mélangez-les dans une casserole avec le sucre, la vanille, le jus de pommes et l'agar-agar.
• Portez à ébullition et versez dans un moule à cake.
• Laissez refroidir 3 heures environ.

***Clin d'œil gourmand***
Pour les gourmets, remplacez le jus de pommes par du cidre et choisissez des reinettes du Canada.

***Clin d'œil pratique***
Une variante expresse consiste à utiliser de la compote de pommes à la place des pommes.

## TERRINE POIRE - CHOCOLAT

- **1 c. à c. remplie d'agar-agar**
- **20 cl de lait de soja**
- **3 poires coupées en tranches cuites vapeur**
- **120 g de chocolat noir fondu**
- **100 g de sucre roux ou complet**
- **4 œufs**
- **120 g d'amandes effilées légèrement grillées**

• Mélangez le chocolat fondu avec les jaunes d'œuf, le sucre et les amandes.
• Portez à ébullition l'agar-agar délayé dans le lait et l'incorporez aussitôt à la préparation précédente.
• En dernier, ajoutez délicatement les blancs d'œuf.
• Dans un moule à cake, disposez au fond une couche de poires, puis une couche de mousse au chocolat, puis ainsi de suite jusqu'à expiration des ingrédients.
• Terminez par des poires.
• Réservez au frais 3 heures minimum.

***Un conseil santé***
Pour savourer pleinement cette terrine, mangez léger avant !

## TIRAMISU AUX FRAMBOISES

- **1 c. à c. d'agar-agar**
- **un paquet de biscuits boudoirs**
- **jus de raisin rouge**
- **250 g de framboises**
- **50 cl de lait au choix**
- **2 c. à s. de sucre roux ou complet**
- **feuilles de menthe fraîche**

• Portez à ébullition le lait choisi, l'agar-agar et le sucre.
• Ôtez du feu.
• Dans de petits ramequins, disposez une couche de biscuits trempés dans le jus de raisin, une couche de crème à l'agar-agar et une couche de framboises, puis recommencez en terminant par les framboises.
• Décorez d'une feuille de menthe.

‡

# *Et pour terminer...*

Voilà, vous venez de faire plus ample connaissance avec l'agar-agar !
Ce n'est qu'un début !

Vous allez maintenant faire vos propres expériences, plus ou moins réussies au début - c'est normal, ne vous découragez pas -, puis avec l'habitude aller de découvertes en créations originales et savoureuses.

N'hésitez pas, si vous en avez envie, à nous faire part de vos critiques, de vos essais et de vos trouvailles culinaires en nous écrivant à l'adresse des Éditions :

**Chantal et Lionel Clergeaud**
**Éditions Cheminements**
**3, place César Ossola**
**06 130 GRASSE**

‡

# Table des matières

**Préface** ........................................ 7
**Gélatine végétale ou gélatine animale ?** ........................ 9
**Intérêt nutritif** ............................... 13
**En cuisine !** ................................. 15
**Abréviations** ................................ 19
**Des divers usages de l'Agar-agar dans la cuisine salée** .................... 21

**Recettes gourmandes** ........................ 25
**Recettes salées** ............................... 25
**Recette type d'un aspic de légumes** .. 25
**Recette type d'un flan de légumes** .... 26
**Recette type d'une mousse de légumes** ........ 27

Aspic de tomate aux poivrons ......... 28
Aubergines en mousse ..................... 29
Charlotte d'endive .......................... 30
Cheese-cake aux herbes ................... 31
Pâte à cheese-cake .......................... 32
Cheese-cake aux poireaux ................ 33
Couronne de ratatouille au basilic ........................................ 34
Flans de céleri-rave aux noix ........... 35
Millefeuille multicolore d'aubergine .................................... 36
Mousse d'avocat ............................. 37
Mousse de cresson ........................... 38
Oeufs en gelée de grand-mère ......... 39
Pain de courgette au chèvre ............. 40
Papeton d'aubergine à l'agar-agar .... 41
Pâté végétal ..................................... 42
Petits aspics à l'avocat et au tofu ..... 43
Petits aspics de Provence ................. 44
Petites mousses de poivron au basilic ... 45
Petites mousses de tomate au céleri ...... 46
Tarte brocolis-chou-fleur .................. 47
Terrine printanière .......................... 48
Terrine tricouche ............................. 48

**Des divers usages de l'agar-agar dans les douceurs et la pâtisserie** .. 51
Recettes sucrées ............................. 55
Recette type d'aspic ou de terrine de fruits en gelée ........................... 55
Recette type de flan ........................ 55
Recette type de mousse ................... 56
Recette type de glace ....................... 56

Aspic de fruits rouges ...................... 57
Aspic exotique aux fruits ................. 57
Blanc-manger coco-litchees ............. 58
Blanc-manger aux coings ................ 59
Blanc-manger aux fruits secs ........... 60
Blanc-manger aux pignons .............. 60
Blanc-manger Provençal .................. 61
Charlotte aux mangues ................... 62
Charlotte aux fruits confits ............. 63
Cheese-cake banane-noix de coco ... 64
Cheese-cake aux framboises ............ 65

Compotée de mirabelles en crème d'amandes....66
Couscous en gâteau aux pruneaux ..66
Crème de banane....67
Crème délice....68
Crème délice au pain d'épices....69
Crème de pruneau en gelée....70
Délicieux à la crème de marrons....70
Délicieux au fromage blanc....71
Délicieux aux fruits séchés....72
Flans à la châtaigne....72
Gâreau de riz aux poires....73
Gelée de kiwi....74
Gelée de pastèque....74
Glace à l'Agar-agar....75
Macédoine de fruits en gelée....76
Mousse mangue-coco....77
Mousse légère au chocolat....78
Mousse aux pêches....79
Petits flans d'abricot aux amandes grillées....80
Salade exotique aux dés en gelée....81
Tarte aux fraises et aux bananes....82
Tarte à l'orange....83
Terrine d'agrumes d'Annie....84
Terrine de fruits d'automne....85
Terrine de fruits d'été....86
Terrine normande....86
Terrine poire-chocolat....87
Tiramisu aux framboises....88

**Et pour terminer....89**

Déjà paru dans la même collection :

Comment
NOURRIR
Naturellement
son enfant de 0 à 10 ans
Chantal et Lionel
Clergeaud
Cheminements Santé

Chantal et Lionel Clergeaud
Huiles
DE BEAUTÉ
& DE SANTÉ
Onagre, Bourrache, Rose Musquée,
Tournesol, Sésame, Olive, Carthame, Ricin...
Cheminements Santé